W0396875

LETTRES DE L'ATLANTIDE

ROBERT SILVERBERG

L'homme dans le labyrinthe	*J'ai lu* 495/4
Le fils de l'homme	
La tour de verre	
Les masques du temps	
Les profondeurs de la terre	
Les ailes de la nuit	*J'ai lu* 585/3
Le temps des changements	
Un jeu cruel	*J'ai lu* 800/3
La porte des mondes	
Les monades urbaines	*J'ai lu* 997/3
Signaux du silence	
La fête de Dionysos	
Semence de la Terre	
Trips	*J'ai lu* 1068/3
L'oreille interne	*J'ai lu* 1193/3
L'homme stochastique	*J'ai lu* 1329/3
Les chants de l'été	*J'ai lu* 1392/3
Le chemin de l'espace	*J'ai lu* 1434/3
Les déportés du cambrien	*J'ai lu* 1650/2
Le livre des crânes	
L'homme programmé	
La guerre du froid	
Les déserteurs temporels	
Au temps pour l'espace	
Chroniques de Majipoor	
Le château de Lord Valentin	*J'ai lu* 2656/8
Shadrak dans la fournaise	*J'ai lu* 2119/4
Pavane au fil du temps	*J'ai lu* 2631/4
À la fin de l'hiver	
Compagnons secrets	
L'étoile des gitans	
La génération finale	
Les guetteurs des étoiles	
Un milliard d'années plus tard...	
Résurrections	
Revivre encore	
Le seigneur des ténèbres	
Les temps parallèles	
Tom O'Bedlam	*J'ai lu* 3111/5
Valentin de Majipoor	
Les conquérants de l'ombre	
L'appel des ténèbres	
Droit de vie et de mort	
La face des eaux	
Le temps des changements	
La reine du printemps	
Le retour des ténèbres	
Jusqu'aux portes de la vie	
Gilgamesh, roi d'Ourouk	
Le maître du hasard	
La saison des mutants	*J'ai lu* 3021/5
Opération pendule	*J'ai lu* 3059/3
Lettres de l'Atlantide	*J'ai lu* 3167/2
Thèbes aux cent portes	*J'ai lu* 3227/4

ROBERT SILVERBERG

LETTRES DE L'ATLANTIDE

TRADUIT DE L'AMÉRICAIN
PAR FRÉDÉRIC LASAYGUES

ÉDITIONS J'AI LU

Collection créée et dirigée
par Jacques SADOUL

Titre original :

LETTERS FROM ATLANTIS
A Byron Preiss Visual Publications, Inc. Book

Copyright © Byron Preiss Visual Publications, Inc., 1990
Copyright © Agberg, Ltd, 1990
Pour la traduction française :
© Éditions J'ai lu, 1992

*Il attend ce moment de sérénité où le cerveau est précisément en mesure d'*activer l'autre mémoire, *comme on allume l'électricité en pressant l'interrupteur...*

Kenneth GRAHAME

Il était sur Atlantis un grand et merveilleux empire qui régnait sur l'ensemble de l'île et sur plusieurs autres, ainsi que sur une partie du continent. Lui étaient également assujetties la portion de la Libye comprise au-dedans des colonnes d'Hercule et les côtes tyrrhéniennes de l'Europe... Mais il se produisit de violents tremblements de terre et raz de marée et, au terme d'un déluge de pluie qui dura un jour et une nuit, l'île d'Atlantis disparut dans les profondeurs de la mer.

PLATON, *Le Timée*

I

Le Prince dort maintenant. Sans doute est-il en train de rêver de l'île verte et dorée d'Athilan, de ses palais de marbre, de ses temples étincelants. C'est à son insu que j'ai emprunté son corps — son robuste bras droit — afin de pouvoir écrire cette lettre.

Voici :

D'un endroit que je suppose être la Bretagne ou la Normandie, en cette soirée que je crois être celle du Noël de l'an 18.862 avant J.-C., bien le bonjour ma chère Lora, et joyeuses Fêtes !

(Est-ce que ce mot arrivera jusqu'à toi, au cœur de cette froide terre orientale qui portera un jour le nom de Pologne ou de Russie ? Moins d'une chance sur deux, j'imagine, et cela bien que nous nous trouvions tous deux dans la même année préhistorique. Car tout un continent nous sépare. Avec les moyens de transport qu'on a ici, autant dire que nous sommes dans des mondes différents.

Je ferai en sorte que le Prince glisse cette lettre dans la valise diplomatique qui part la semaine prochaine. Le messager royal l'emportera avec lui dans sa longue route à travers la toundra, jusqu'au poste d'échanges auquel tu es censée être rattachée. Avec un peu de chance tu seras effectivement là, et la personne que tu squattes aura accès aux documents royaux. Étant donné que j'écris ceci dans notre langue, elle n'aura pas la moindre idée de ce que je raconte. Toi, oui. Il te suffira de lire à travers ses yeux. Peut-être même pourras-tu me répondre. Mon Dieu, ce serait merveilleux de recevoir une lettre de toi ! Nous ne sommes séparés que depuis peu. Et pourtant, il me semble que des siècles ont passé.)

En fait, j'ai bien peur que ce projet d'établir une communication régulière entre nous ne soit d'avance bien compromis. Mais qui ne tente rien n'a rien. Au pire, le fait de consigner par écrit ce que je vis ici devrait me permettre de faire le point et d'ordonner mes idées. Une façon comme une autre de me préparer au debriefing qui suivra mon retour dans notre époque.

Aujourd'hui est le septième jour de la mission. Jusqu'ici tout se passe plutôt bien.

Évidemment, il y a d'abord eu le traumatisme du décalage temporel. Un sacré choc, quoique moins terrible que je ne le redoutais. Mais tu me connais, je m'attendais au pire. Tout de même, un fameux saut que nous avons effectué toi et moi — de loin le plus phénoménal ! Je n'étais jamais allé au-delà de quatre-vingt-dix ans durant la période d'entraînement. Et là, un bond de *cent quatre-vingts siècles* ! Je m'imaginais que j'allais dégringoler de tout mon poids dans l'esprit du Prince, propulsé par un furieux geyser de vapeur qui me laisserait sur le carreau pour au moins une semaine. Ce fut en vérité plutôt secouant.

Rien à dire en ce qui concerne la syntonisation. De la belle ouvrage ! Tout le travail de reconnaissance préliminaire dans la nébuleuse-temps avait bien sûr consisté à localiser un membre de la famille royale qui puisse être mon hôte. Eh bien figure-toi qu'ils se sont débrouillés pour me parachuter dans l'esprit de l'héritier du trône. Rien que ça !

Je ne suis pas près d'oublier mon atterrissage. Comme si je frappais la surface de l'eau après un saut de l'ange complètement raté effectué depuis un plongeoir immensément haut. Une douleur fulgurante, une vraie douleur. Si j'avais eu le moindre souffle en moi, j'en serais certainement resté tout dégonflé, vidé, anéanti.

Et puis il y eut la complète étrangeté de cet instant délirant que tu connais trop bien toi-même — quand tu ne peux plus vraiment dire si tu es encore *toi* ou déjà quelqu'un d'autre. Ensuite, j'ai perdu connaissance.

Le Prince aussi, évidemment.

Nous sommes restés inconscients environ un jour et demi, peut-être un peu plus. Voilà pourquoi je ne suis pas tout à fait sûr de la date d'aujourd'hui. Bref, une fois revenu à moi, et après avoir établi suffisamment de connexions linguistiques pour saisir les dires des courtisans autour de nous, j'essayai de me figurer combien de temps exactement le Prince et moi avions passé dans le cirage.

— Nous nous réjouissons, Altesse, que l'obscurité se soit retirée de votre personne.

— Deux jours et une nuit nous avons prié, Altesse ! Deux jours et une nuit vous avez été retenu éloigné de nous !

Pas si longtemps que cela, en fait. Comme tu l'auras probablement remarqué par toi-même, leur système de jours et de semaines diffère du nôtre. Le temps compris entre l'aube et le crépuscule porte ici le nom de « jour », les heures obscures celui de « nuit », l'unité de mesure supérieure regroupant ensuite dix jours et dix nuits. A moins que je ne me trompe, la semaine athilantéenne serait donc égale à cinq jours de chez nous, deux jours et une nuit athilantéens comptant pour un jour et demi seulement selon notre propre système de mesure du temps. Quoi qu'il en soit, après avoir évalué au plus juste le temps écoulé depuis notre départ, je suis de plus en plus persuadé que cette soirée est bien celle de Noël.

(Une question, Lora : Est-il bien approprié de parler de Noël alors que nous sommes actuellement dans une époque située des milliers d'années avant la naissance du Christ ? Je suppose que oui puisque nous sommes partis d'une Année-Maison bien après J.-C. Tout de même, cette idée me fait un effet des plus bizarres. Mais s'il n'y avait que ça ! Toute cette aventure est plus que singulière. A commencer par notre conversation à toi et moi en de simples réseaux d'énergie électrique afin d'être précipités des milliers d'années dans le passé, laissant derrière nous nos corps plongés dans un profond sommeil. Et là, ce soir, de me dire que c'est Noël, voilà qui me fait me sentir un peu plus chez moi. Et Dieu sait que j'en ai bien besoin en ce moment. Toi aussi, je suppose, là-bas dans ton désert glacé peuplé de chasseurs de mammouths.)

Ma liaison avec l'esprit du Prince est excellente. Je suis capable de lire chacune de ses pensées, de comprendre tout ce qu'il dit et tout ce qu'on lui dit. Je peux surveiller son rythme cardiaque et son rythme respiratoire ainsi que la sécrétion hormonale de son système glandulaire. J'anticipe les mouvements de son corps avant même qu'il ait eu la pensée de les exécuter. Je capte les impulsions allant du cerveau aux muscles qui s'apprêtent alors à réagir. Si je voulais, je pourrais à n'importe quel moment prendre les commandes et lui faire faire ce que je veux. Rassure-toi, je ne me risquerais jamais à faire une chose pareille — du moins lorsqu'il est éveillé et conscient. Je ne veux pas qu'il se mette à penser qu'il est possédé par un démon, même si c'est essentiellement ce qui lui est arrivé.

Qu'est-ce que ça te fait, Lora, de penser que tu es un démon ? Pas terrible, hein ? Parce que c'est vraiment ce que nous sommes. C'est la vérité, n'est-ce pas ?

Je suis sûr que le Prince ne soupçonne nullement qu'il a été envahi de cette façon, qu'un intrus venant d'un lointain futur est en lui, enroulé autour de son système nerveux telle une imperceptible nappe de brouillard.

Je sais qu'il m'a senti arriver. Ç'aurait été impossible de ne pas en ressentir l'impact. Mais il n'avait pas idée de ce qui lui tombait vraiment dessus.

— Le doigt d'un dieu a touché mon âme, devait-il dire à ses compagnons. J'ai été jeté dans l'obscurité pendant un temps. Les dieux m'ont choisi, qui peut dire pourquoi ?

En d'autres mots, une sorte d'attaque d'apoplexie. Et puis un jour et une nuit et un jour dans les pommes.

Les voies des dieux sont mystérieuses. Pour tout le monde, le Prince est maintenant complètement rétabli. Je reste caché, tapi à l'intérieur de son esprit, mystérieux réseau d'impulsions électriques à l'abri des moyens de détection athilantéens.

En ce moment, il dort. Bien sûr, je ne peux pas lire ses rêves — cette couche de son esprit est beaucoup trop profonde pour que je puisse l'atteindre — mais son corps est en paix, totalement détendu. C'est pourquoi je me dis qu'il doit rêver de son pays, la très chère et très chaleureuse île d'Athilan. Il croit sans doute qu'il repose sur son propre lit.

Mais ce n'est pas le cas.

Tout à l'heure, je l'ai fait se lever et marcher tout en dormant jusqu'à son bureau. Un splendide bureau en marqueterie mêlant plusieurs espèces de bois précieux en provenance des terres méridionales — un fond d'un noir lustré qui pourrait être de l'ébène incrustée de bois plus clairs aux reflets dorés. Voilà, et maintenant il est assis et s'applique à écrire cette lettre qui t'est destinée. Sous ma dictée pour ainsi dire. Un prince royal écrivant sous la dictée. Mais comment pourrait-il le savoir ?

Le seul indice dont il pourrait disposer serait cette sensation de raideur qui gagne peu à peu sa main droite et son bras. La forme de nos lettres est très différente des traits et des spirales athilantéens auxquels le Prince est habitué, et ses muscles soumis à rude épreuve sont pris de crampes tandis qu'il écrit. Lorsqu'il se réveillera, il sera cependant incapable de comprendre d'où lui vient cet engourdissement qui alourdit son bras.

Nous sommes à proximité de la mer, sur le point de lever le camp pour prendre le bateau pour l'île d'Athilan. Les Athilantéens ont ici un poste avancé d'assez grande importance, environ trois ou quatre cents personnes. Tout autour, dispersés sur une vaste étendue, se dressent les baraquements sommaires des habitants des terres venus jusqu'ici commercer avec les Athilantéens qu'ils considèrent comme de véritables dieux. J'imagine que la même chose est vraie à travers toute l'Europe et jusqu'aux confins de l'empire athilantéen.

Le paysage est plutôt sinistre et rébarbatif, quoique sûrement loin d'égaler ton lugubre et glacé Naz Glesim. Pas de glaciers ici — les glaces se sont retirées vers le nord et l'est — mais le sol est comme griffé par l'érosion, humide et nu, sauvage et rocheux. Le temps est froid, très froid. Bien que les journées soient claires et ensoleillées, je ne crois pas que la température soit jamais montée au-dessus de zéro depuis que je suis là. La végétation se compose de bouleaux et de saules, de quelques pins aussi. J'ai pu apercevoir de rares mammouths et bisons, mais les gros animaux de l'ère glaciaire n'apprécient guère ces nouvelles forêts, la plupart ont fui plus loin vers le nord où les pâturages sont meilleurs.

Le nom du Prince est Ramifon Sigiliterimor Septagimot Stolifax Blayl, ce qui signifie à peu près Bien-Aimé des Dieux et

Lumière de l'Univers. Mais personne ne l'appelle ainsi car ce serait un sacrilège. Je l'ai appris en fouinant dans les combles de sa mémoire. Ses parents le nomment Ram, une sorte de diminutif. Ses frères et sœurs Premanior Tisilan, c'est-à-dire Premier de la Famille. Tous les autres l'appellent Stoy Thilayl, Votre Altesse.

Il a dix-huit ans, des cheveux foncés et une peau olivâtre. De stature robuste. Larges épaules et avant-bras musculeux. Mais trop petit pour son goût — pas grand du tout même, d'une taille inférieure à la moyenne athilantéenne, ce qui ne laisse pas de le contrarier bien qu'il n'y puisse rien faire. Autrement, il semble être d'un caractère facile et très capable. Si tout marche bien pour lui, il sera un jour Grand Darionis de l'Ile d'Athilan, c'est-à-dire Roi d'Atlantis.

Je me demande ce qu'il penserait s'il apprenait subitement que sa merveilleuse île d'Athilan, qui a bâti un si glorieux empire et règne souverainement sur tout le monde glaciaire, était destinée à disparaître corps et biens d'ici à quelques centaines d'années. A tel point que les générations des époques futures en viendraient à douter qu'elle ait réellement existé pour la ranger dans la catégorie des mythes antiques.

Je me demande également quelle serait sa réaction s'il apprenait que des habitants du futur, après un retour vers le passé de quelque vingt et un mille ans, étaient missionnés pour étudier de près cet empire athilantéen... Et que l'un d'eux était en ce moment même assis à l'intérieur de son esprit.

Mais pas question que j'interroge le Prince à ce sujet. Ce serait bien la dernière chose à faire que de lui tapoter l'épaule et de lui dire : Bonjour, Prince. Devinez qui est là !

J'espère que tout va bien pour toi là où tu es. Je pense à toi tout le temps et tu me manques terriblement. Écris-moi si tu peux. Raconte-moi tout ce qui t'arrive. Tout !

A bientôt.

Avec mon amour,

Roy

II

Quatre jours ont passé depuis ma dernière lettre.

Je veux dire, quatre de nos jours de vingt-quatre heures et non pas de ces jours moitiés de « jour » en usage chez les Athilantéens. Nous sommes toujours sur cette côte froide et désolée. Les bateaux sont au mouillage dans le port de Thibarak, prêts à faire route vers Athilan. Mais toutes sortes de rites et de cérémonies doivent au préalable être célébrés. Un nombre impressionnant d'habitants des terres — ils sont des milliers — ont accouru pour faire leurs adieux au Prince. Je suppose qu'il est assez inhabituel qu'une personne de sang royal s'aventure jusqu'ici. Aussi, chaque jour des feux de joie sont allumés, des taureaux sacrifiés, des chants s'élèvent jour et nuit. Le Prince Ram assiste à tout cela avec superbe et majesté. On comprend aussitôt qu'il a été préparé depuis sa prime enfance pour diriger l'empire, et qu'il sait exactement et en toute circonstance quelle attitude adopter.

Bien que je n'aie pas encore vu autre chose que ce poste avancé, cet endroit, aussi provincial qu'il soit, est pour moi plein de fascination. Il ne peut sans doute être comparé avec la scintillante et resplendissante île d'Athilan, mais c'est le *passé*, Lora, l'étrange et fascinant passé préhistorique !

Le simple fait d'être là est absolument délirant. Chaque minute apporte son lot de nouveautés. Je voudrais pouvoir me tourner vers toi et te dire : Regarde ça, Lora, incroyable, non ? Mais tu es si loin. Tout là-bas, au fin fond de l'Europe orientale. Si seulement nous avions pu faire ce voyage ensemble ! (Je sais, je sais, nous *sommes* ensemble, enfin en quelque sorte. Mais je suis ici et tu es au loin malgré tout, alors que nous pourrions être tous deux au même endroit. Inutile de te fatiguer à m'expliquer que ç'aurait été une dépense d'énergie inutile d'envoyer deux observateurs au même endroit et à la même époque. Je sais tout cela. Il n'empêche que j'aimerais t'avoir à mon côté, tout près, assez près pour pouvoir te parler chaque jour.)

Mais puisque tu n'es pas ici, je vais continuer à te faire part de mes découvertes par écrit. Un de ces jours, j'aurai peut-être la chance d'avoir de tes nouvelles.

La différence entre les Athilantéens et les habitants des terres est énorme. Je ne parle pas seulement de l'écart culturel qui est encore plus vaste que celui séparant les Romains de l'époque de Jules César des sauvages peuplant les forêts d'Allemagne et de France — c'était alors l'âge du bronze opposé à l'âge du fer, ici, il s'agit de l'âge du fer opposé à l'âge de pierre — mais de la différence physique. Ils sont en effet de types tout à fait distincts.

Reprends-moi si je me trompe, mais il me semble bien que les habitants des terres, ici à Thibarak, sont ce peuple que les archéologues appellent les Solutréens et qui vivaient dans cette partie de l'Europe environ deux mille ans après l'époque de Cro-Magnon. Les Solutréens sont plutôt grands et minces, ils ont les cheveux clairs et présentent pas mal de traits communs avec les Vikings. Ils portent des vêtements de cuir assez joliment confectionnés et utilisent des instruments en pierre taillée aux formes relativement élaborées. En règle générale, ils s'abritent dans des grottes peu profondes ou sous des avancées rocheuses. J'ai cependant appris en consultant l'esprit de Ram que pendant les saisons plus chaudes ils se construisaient de fragiles huttes de branchages entrelacés.

Les Athilantéens n'ont pratiquement rien de commun avec eux.

Ils sont tout d'abord beaucoup plus petits et plus trapus, ils ont les cheveux foncés, les yeux noirs ou bruns, et sont de complexion basanée. Le type méditerranéen pourrait-on dire, grec ou espagnol, et pourtant, il y a certains caractères dans leur physionomie qui ne sont ni grecs ni espagnols. Quelque chose de difficile à cerner. Leurs pommettes sont singulièrement hautes, leurs bouches un peu trop larges, et puis aussi la forme de leurs têtes... Peut-être l'as-tu remarqué toi-même, bien que tu n'aies à Naz Glesim que cinq ou six spécimens d'Athilantéens alors que j'en ai ici plusieurs centaines.

Ma théorie à ce sujet — elle vaut ce qu'elle vaut — est la suivante : les Athilantéens seraient les ancêtres des peuples méditerranéens de notre époque moderne, les différences de morphologie et de physionomie étant le résultat de milliers d'années d'évolution et de croisements de races survenus depuis la destruction d'Athilan. Ce n'est bien sûr qu'une hypothèse. A prendre donc avec toutes les précautions nécessaires.

Ce qui me confond le plus c'est l'avance technologique des Athilantéens sur les habitants des terres. Atlantis était vraiment un royaume magique ! Cela paraît incroyable quand on y songe — un empire maritime aussi étendu et pourvu de tant de richesses qui connaissait l'usage du fer et du bronze, une civilisation au moins aussi avancée que celles de Grèce et de Rome, et cela en plein âge paléolithique !

Il est tout de même très étrange que les archéologues n'aient pas trouvé trace de leur art. Pas la moindre épée de bronze ou poignard parmi les objets en pierre taillée de l'époque de Cro-Magnon. Rien. Pas une seule pierre pour témoigner des constructions érigées sur le continent européen en des postes avancés tels que ceux où nous nous trouvons toi et moi. A mon avis, cela s'explique en partie du fait que les archéologues modernes — même si les fouilles ont été menées avec grand sérieux depuis quelques centaines d'années — n'en sont encore qu'à gratter la surface des vestiges enfouis. En tout cas, ils n'ont pas eu la chance de tomber sur le moindre objet laissé derrière elle par la civilisation athilantéenne. Il se peut également que les poignards de bronze et autres ustensiles, rongés par la rouille et réduits en poussière après des millénaires, échappent pour toujours aux fouilles méthodiques quand les silex, taillés eux, demeurent à jamais. Mais cet argument ne saurait tout expliquer.

Eh bien, là encore, Lora, j'ai ma propre théorie.

Imaginons qu'après la chute d'Athilan, les peuples opprimés d'Europe, enfin délivrés de leur joug, aient décidé de collecter toute la production de leurs maîtres athilantéens — armes et outils, sculptures —, qu'ils aient acheminé cette masse énorme jusqu'à la mer et l'aient précipitée dedans. Tout. Sans oublier le moindre objet. Comme si, mus par un formidable esprit de revanche, ils avaient voulu définitivement effacer les Athilantéens de la face de la terre. Vingt mille années de limon océanique auraient ensuite parachevé leur travail.

Qu'en penses-tu ?

La recherche dans le temps nous donnera la réponse tôt ou tard. On découvrira la date exacte de la destruction de Athilan, on enverra des observateurs en Europe pour savoir comment les choses se sont passées après le déluge. Quoi qu'il en soit, pour le moment mon idée est aussi valable que les autres.

Depuis mon arrivée ici, je peux tout à loisir méditer mes théories. Je dois avouer, malgré ce que je disais un peu plus tôt, que je commence à en avoir assez de cet endroit. J'ai hâte de partir. Je veux voir Atlantis.

Il faut dire qu'il est particulièrement frustrant de savoir que les navires royaux attendent dans le port, prêts à nous emmener vers cette terre chaude et merveilleuse et fabuleuse au milieu de l'océan, et de devoir rester cloué dans ce coin sinistre et glacé quelque part sur la côte française pendant que se déroule cette suite interminable de rites et de sacrifices, que des rivières de sang courent sur le sol. Le Prince Ram se tient au sommet d'une tour en osier tressé. Il sourit tout en jetant des poignées de grains sur cette foule prosternée à ses pieds. Tu imagines un peu, du *grain* en pleine Europe paléolithique, alors que l'agriculture est censée avoir été inventée seulement dix ou quinze mille ans plus tard ! Les habitants des terres se pressent en immenses files pour venir ramasser la précieuse semence. Ils arrivent en un flot sans cesse grandissant. Je ne pensais même pas qu'il puisse y avoir en ce temps-là une telle population sur toute la terre !

J'en ai assez et plus qu'assez d'être ici, dans ce poste de province de moins que rien. L'endroit a beau avoir son côté fascinant, il reste froid, sauvage et primitif. Et puis ce n'est pas Atlantis. Je veux voir Atlantis. Ce serait bien ma chance si l'île s'abîmait dans l'océan avant mon arrivée. Après tout, on ignore à quel moment précis le cataclysme est supposé se produire. Ce pourrait être la semaine prochaine. Non, je préfère me dire que j'ai encore du temps devant moi. Du temps pour attendre.

Tu me manques beaucoup.

A très bientôt,

Roy

III

En mer. Je dois admettre, non sans un certain embarras, que j'ai déjà perdu le compte des jours. Je ne suis sûr que d'une chose c'est que nous venons juste de terminer l'année pour en entamer une nouvelle. Je me réfère évidemment à notre calendrier. Ceci dit, les Athilantéens ont un calendrier très proche du nôtre. J'ai en effet appris qu'ils commençaient leur année le jour du solstice d'hiver, notre 21 décembre. Une démarche logique puisque cette date marque le retour du soleil et que les jours commencent à rallonger.

(Lora, si de ton côté tu t'es mieux débrouillée concernant le compte des jours, pourrais-tu m'aider ? Quand tu répondras à cette lettre et si tu y réponds, donne-moi un repère — en te basant sur les phases de la lune, par exemple — qui me permette de me situer avec précision sur notre calendrier. Pour l'instant, le fait de ne pas savoir quelle date nous sommes n'a guère d'importance. Mais quand approchera le moment de retourner à notre époque, je risque d'avoir de sérieux problèmes. Je n'aurais jamais dû me laisser déborder de la sorte. Quel imbécile je fais !)

Bref. Mettons que nous soyons aujourd'hui au jour 3 du mois de janvier 18.861 avant J.-C. selon notre calendrier. Je ne pense pas me tromper de plus d'un jour ou deux. Alors, bonne et heureuse année, Lora ! (Avec un jour ou deux de retard.) Bonne année, bonne santé ! Je trouve de plus en plus difficile et malcommode de continuer à convertir les jours athilantéens en nos jours à nous et vraiment stupide d'utiliser un calendrier qui n'a aucun sens ici. Je suppose que toi-même tu pratiques le calendrier athilantéen même si — comme je l'espère — tu n'as pas perdu contact avec le nôtre. Comme tout cela est compliqué ! Bon, eh bien puisque je ne peux plus être vraiment sûr à quelle date nous sommes dans notre agenda Maison, autant passer au système local. Il me suffit pour cela de consulter l'esprit du Prince Ram pour savoir qu'ici nous sommes au treizième jour du mois de la Nouvelle Lumière dans l'année de la Grande Rivière. Ainsi soit-il.

Je reprends donc au début.

Jour 13, Nouvelle Lumière, Grande Rivière. A bord du vaisseau impérial *Seigneur du Jour,* ralliant la Bretagne à l'île de Athilan.

Il faudrait que tu voies ces navires de tes yeux, Lora. C'est proprement incroyable !

Ayant eu un aperçu du niveau de civilisation de ces Athilantéens, je m'attendais plus ou moins à trouver des bâtiments évoquant les galions grecs ou romains avec deux ou trois rangs d'avirons et peut-être une voile. Ou encore un de ces navires de commerce gréé en carré ou en voile latine.

Pas du tout. Il s'agit d'une sorte de bateau à vapeur. Non, je ne plaisante pas, Lora. Un *bateau à vapeur*. Au paléolithique !

Effarant. Inconcevable. Incompréhensible.

Je te disais il y a peu que les Athilantéens étaient un peuple de l'âge de fer vivant à l'époque de l'âge de pierre. J'étais loin, très loin en dessous de la réalité. Je n'avais pas encore eu le loisir d'examiner attentivement tout ce qui m'entourait. Ces gens ne sont pas simplement au même niveau de civilisation que les Grecs ou les Romains, comme je le croyais tout d'abord. Ils les dépassent à un tel point que c'en est à tomber à la renverse. Leur technologie vaut bien celle de notre XIXe siècle et peut-être même va-t-elle au-delà. Il m'était impossible de m'en rendre compte tant que j'étais sur le continent, et sans doute tu ne peux te le figurer là où tu es, mais la vue de ce navire m'a ouvert les yeux.

Je ne peux pas affirmer que la soute renferme de véritables machines à vapeur telles que nous les connaissons. Tout ce que je sais c'est qu'il y a dans la salle des machines une équipe de sorciers qui maintiennent en mouvement de gigantesques turbines en psalmodiant des incantations. En vérité, j'ignore ce qui se passe en bas, tout comme le Prince Ram semble l'ignorer également. Apparemment, les princes n'ont nul besoin de se préoccuper de ce genre de détails techniques. Je meurs d'envie de le plonger en état de somnambulisme et d'aller faire un tour avec lui du côté de la salle des machines afin de me rendre compte par moi-même, mais je n'ose pas m'y risquer. Du moins pas avant d'être absolument certain que mon contrôle sur son esprit est suffisamment puissant pour prolonger son sommeil aussi longtemps que je le désire. Je ne voudrais pas qu'il se réveille brutalement au milieu des turbines, où une personne de son rang n'a aucune raison de se trouver, et qu'il commence à se demander s'il n'est pas le jouet de forces étranges œuvrant en secret dans son cerveau.

Mais laisse-moi te décrire ce que j'ai vu... Le navire est de la taille d'un grand yacht, long et effilé, avec une quille très haute et une poupe à plan horizontal. La coque est métallique, probablement du fer. Je ne serais cependant pas surpris que ces gens soient capables de fabriquer de l'acier. Cette idée te fera peut-être bondir mais, je t'en prie, continue ta lecture.

Le bâtiment possède un mât, un grand mât, mais qui ne comporte ni gréement ni câblage. Ou bien il remplit une fonction sacrée ou alors il s'agit d'une sorte d'antenne. En tout cas, son rôle n'est pas de porter une voilure. Il y a aussi deux hottes ou cheminées dont je n'ai jamais vu s'échapper la moindre fumée. On peut seulement les sentir vibrer très légèrement et avec régularité, comme sous l'effet de moteurs en marche. Voilà tout ce que je sais.

Ah, une autre chose : les Athilantéens utilisent l'énergie électrique.

Je sais, je sais, ça paraît fou. La première fois que j'ai vu les lumières s'allumer j'ai cru que le prince hallucinait. Ou alors que j'avais mal interprété les données, obtenant ainsi de fausses équivalences sensorielles. Ou bien encore c'était *moi* qui hallucinais. Je peux te dire que j'étais dans un drôle d'état. Abasourdi. Complètement déboussolé. Pendant un moment je me suis même demandé si tout ce que je percevais n'était pas également faussé. L'*électricité* paléolithique ?

Après ça, j'ai soigneusement vérifié les informations. Rien ne clochait. Le signal passait de lui à moi, clair comme de l'eau de roche. Pas de doute, ce que je percevais était le reflet exact de ce que le Prince voyait. Aussi incroyable que ça puisse paraître, il s'agissait bien de lumière électrique.

Dans le poste avancé de Thibarak je

n'avais rien vu d'autre que ces bonnes vieilles lampes à huile préhistoriques au fumet malodorant. Les mêmes, j'imagine, qui éclairent tes veillées. Mais chaque coursive de ce bateau, et chaque cabine aussi sans doute possèdent son éclairage électrique. Peut-être qu'ils ont tout simplement décidé de ne pas s'ennuyer à installer des générateurs dans leurs avant-postes, ou peut-être qu'ils n'ont pas de réserve de carburant disponible sur place. En tout cas, il y a sûrement à bord de ce navire un générateur qui débite des kilowatts tout comme on en voit chez nous.

Les globes électriques sont assez gros et peu esthétiques et la lumière qu'ils diffusent presque aveuglante. J'ai vu le Prince Ram allumer et éteindre dans sa cabine en effleurant des doigts une petite plaque encastrée dans le mur.

Je n'aurais guère de mal à me convaincre que je suis à bord d'un bateau du vingtième siècle — un bateau d'un type un peu spécial, c'est vrai, comme dessiné par un type venu de nulle part et qui aurait inventé le concept du vaisseau de haute mer sans le moindre modèle de référence. Mais tous les détails importants sont là. Et pourtant... Nous sommes à la fin de l'ère glaciaire. Mammouths et rhinocéros déambulent paisiblement dans les herbages où s'élèveront un jour Paris ou Londres.

Qui sont ces Athilantéens ? Comment ont-ils pu parvenir à ce degré de civilisation avec plusieurs dizaines de milliers d'années d'avance sur le cours normal de l'évolution humaine ? C'est insensé. Subitement, au beau milieu d'un monde où la hache de pierre est à la pointe du progrès, apparaît une société maîtrisant l'art de la métallurgie, de la mécanique, de l'architecture et utilisant l'électricité. C'est fou, Lora. Je ne sais plus où j'en suis. Les mythes antiques parlaient des Atlantéens comme d'un grand peuple, jamais comme de faiseurs de miracles.

Bon, laissons ce sujet de côté pour le moment. J'ai plein d'autres choses à te raconter.

Je suis maintenant à peu près sûr que l'endroit d'où nous sommes partis était bien situé sur la côte bretonne. Lorsque nous faisions nos recherches pour localiser un membre de la famille royale susceptible de m'accueillir, nous savions déjà que certains membres éminents de la caste dirigeante effectuaient de fréquentes tournées d'inspection dans les provinces côtières. En me propulsant dans l'esprit de l'un d'eux j'avais pratiquement autant de chances d'atterrir dans l'ancienne France que sur l'île d'Athilan elle-même.

Les objets en silex utilisés par les habitants des terres ressemblent en tout point à ceux retrouvés en France et datant de cette époque. Le port de Thibarak m'a paru assez important. Peut-être Cherbourg ou Le Havre, je ne saurais dire. Ensuite — à moins que mes notions de géographie ne soient boiteuses —, prenant vers le large puis plein sud, nous avons quitté la Manche dont je pouvais apercevoir au travers des éclaircies le cordon littoral côté anglais. Nous voguons à présent à hauteur de l'extrémité septentrionale du Portugal en direction de la bouche de la Méditerranée, c'est-à-dire là où nos archéologues ont situé l'emplacement probable de Atlantis — quelque part entre les îles Canaries et les Açores.

La température se réchauffe chaque jour un peu plus. Des oiseaux, de douces brises, des paquets d'algues dérivant entre deux eaux. Tout cela au milieu d'un hiver de l'ère glaciaire ! Il pleut beaucoup, presque tous les jours, mais c'est une pluie fine et caressante. Et quand réapparaît ensuite le soleil, de sublimes arcs-en-ciel se déroulent d'un horizon à l'autre. Atlantis se trouve au pied de l'un d'eux.

La vie à bord est...

Six ou sept heures plus tard, le même jour.

Je m'en suis tiré de justesse. J'ai bien failli me faire prendre alors que j'utilisais la main du Prince pour écrire cette lettre.

Ram était dans sa cabine, assis sur l'un de ces drôles de hamacs en usage sur ce navire, et plongé dans l'état de transe où je l'avais placé, lorsque son serviteur particulier entra tout à coup. Sans doute pour mettre de l'ordre dans la pièce.

Les Athilantéens n'ont pas coutume de frapper aux portes, se contentant d'émettre une sorte de petit sifflement aigu pour s'annoncer. J'étais tellement absorbé dans la dictée de ma lettre que je n'avais rien entendu. Le serviteur entre donc et découvre l'héritier du trône impérial assis tout droit dans son hamac, un étrange regard de zombi pétrifiant ses traits.

— Votre Altesse! s'écria-t-il. (Puis, franchement terrifié:) Votre Altesse?

Il se précipite, saisit le Prince par les épaules et le secoue violemment. Évidemment, je relâchai aussitôt mon emprise sur l'esprit royal qui sortit de sa transe tout de go. Le Prince cligne des yeux, regarde autour de lui d'un air ahuri puis s'en prend à son serviteur qu'il tance rudement pour l'avoir tiré de sa sieste. Jusque-là tout allait plutôt bien.

Mais impossible de le replonger en léthargie avant que le serviteur ait quitté la pièce. Et comme un fait exprès, celui-ci prit tout son temps avant de sortir. Suffisamment de temps pour que le Prince abaisse son regard sur la feuille de vélin qu'il tenait à la main et écarquille les yeux à la vue des caractères indéchiffrables tracés dessus.

Le serviteur referma enfin la porte de la

cabine derrière lui. Et voilà le Prince de Athilan maintenant tout à fait réveillé qui continue de fixer le vélin couvert de signes incompréhensibles — et qui le resteront pour encore pas mal de milliers d'années — tandis que sa main droite tenant le style à encre se met à trembler sensiblement.

Totalement confondu, il tourne la feuille dans tous les sens. Il plisse le front et secoue la tête. J'entends alors sa pensée trompeter haut et fort :

— Par tous les dieux, mais qu'est-ce que c'est que ça ?

Tu penses bien que je n'attendis pas plus longtemps pour le rendormir. Le plus délicat consistait ensuite à gommer de sa mémoire ce déplorable incident. Ce qui n'est pas chose facile comme tu le sais. Il faut y aller tout en douceur : tisonner sans brusquerie la mémoire à court terme, isoler le fragment à éliminer, le désintégrer. Il suffit d'une maladresse pour gommer une journée entière, une semaine, ou pour endommager irrémédiablement la structure de la mémoire de base. Je ne voulais pas risquer de le rendre amnésique. J'explorai donc avec précaution la banque de données de sa mémoire, incisai ici et là avec une précision chirurgicale et poussai un soupir de soulagement lorsque l'opération fut terminée. Du travail soigné. J'étais pratiquement certain d'avoir effacé le souvenir de cette lettre.

Oui, la lettre justement. Eh bien je m'empressai de la cacher dans un endroit sûr. Ensuite ce fut à mon tour de me cacher. Toutes fonctions ralenties, je passai le reste de l'après-midi tapi dans l'un des recoins du subconscient de Son Altesse, me gardant bien d'établir le moindre contact avec quelque niveau que ce soit de son bloc cérébral.

(Je pense d'ailleurs que c'est là l'une des choses les plus difficiles : rester assis sans rien faire, complètement immobile, potentiel énergétique en veilleuse. Parce que nous autres, entités désincarnées, n'avons pas droit au sommeil. Pas question non plus de sortir se dégourdir les jambes pour tuer le temps. Non, on reste figé sur place, privé de tout mouvement comme des prisonniers dans une cage — une cage qui serait de la taille d'un cerveau humain — sans autre distraction que de compter les secondes et les minutes. C'est à devenir dingue, non ? Quasiment insupportable.)

J'aurais sans doute pu mettre ce temps à profit pour aller rôder dans la mémoire de base de mon hôte et tenter d'y dénicher quelques données utiles concernant la civilisation athilantéenne. Je n'en fis rien. Le Prince risquait de déceler ma présence — une singulière sensation de démangeaison à l'intérieur du crâne, par exemple. J'avais déjà suffisamment éveillé la suspicion pour aujourd'hui. En outre, je sentais que l'incident de tout à l'heure avait imperceptiblement mis ses sens en alerte et qu'au cœur même de son sommeil subsistaient de légères pointes de tension.

J'avais déjà vu le même phénomène se produire en d'autres occasions, lorsque l'individu récepteur avait cru détecter mon intrusion dans son esprit. Généralement, le doute se dissipait en quelques heures. Et là encore, c'est ce qui advint. Ram se détendit progressivement, s'éveilla de sa sieste une fois les ultimes ombres de défiance proprement évacuées, et sortit de sa cabine pour remplir ses devoirs princiers comme si rien n'était arrivé. Voilà. Et puis il y a dix minutes, revenu retrouver son cher hamac pour quelques moments de détente, le Prince a de nouveau cédé à mon pouvoir soporifique. J'ai sorti la lettre de sa cache et nous nous attelons à la terminer.

Quelle étonnante aventure que de faire du stop à travers le passé à l'intérieur de l'esprit d'une autre personne ! J'en suis à mon douzième voyage et pourtant je ne suis pas encore pleinement habitué à cette notion. D'ailleurs, je ne suis pas convaincu de vraiment apprécier la chose — le fait de traiter l'un de mes semblables comme un simple véhicule, de le manipuler à ma guise, de pénétrer ses pensées les plus intimes et d'éplucher sa mémoire comme on consulte un logiciel. De temps en temps, je me dis que tout ça est assez odieux. Un peu comme d'être un espion. En vérité, tout individu ayant vécu sur cette terre n'a plus de secrets pour les voyageurs temporels que nous sommes. On pourrait nous appeler les visiteurs-fouineurs du vingt et unième siècle.

D'un autre côté, puisque nous ne pouvons voyager dans le temps que sous la forme — ou plutôt la non-forme — d'impulsions électriques intangibles, nous n'avons guère le choix. L'exploration du passé permet de mettre la main sur quantité de connaissances qui autrement seraient perdues à jamais. Faudrait-il laisser se perdre le patrimoine culturel de l'humanité ?

Cela étant dit, je reprends mon récit là où je l'avais abandonné quelques heures plus tôt.

De toute évidence, nous voguons maintenant sur des mers subtropicales. La température est douce — ô combien douce pour une ère glaciaire. Beaucoup de pluie, mais il y a dans le vent comme un parfum de printemps que tout le monde à bord semble grandement apprécier. Le Prince et sa suite viennent de passer plus d'une année dans leurs froides provinces européennes. Ils sont aussi impatients de retrouver Athilan que moi de la découvrir.

Cet après-midi, le Prince travaillait à un rapport adressé à son père où il rendait compte de son voyage en Europe et plus précisément de la situation générale de leurs postes avancés. Une carte était déroulée sur la table. Je pouvais enfin me représenter l'étendue de l'empire athilantéen...

Démentiel !

Des avant-postes disséminés à travers toute la moitié sud de l'Europe, en Afrique du Nord, au Moyen-Orient et jusqu'en Russie. La plupart des échanges se font par voie maritime mais un réseau impressionnant de routes relie également tous les postes entre eux.

Et dire que cette incroyable organisation est vouée à disparaître. Tout sera balayé, oublié. Comme un rêve. Ne subsisteront de cet empire que des mythes et des fables que personne ne prendra réellement au sérieux. Du moins jusqu'à ce que vienne l'âge de l'exploration temporelle. Franchement, Lora, j'en ai le cœur brisé de songer à ces millénaires d'oubli vers lesquels se précipite irrémédiablement la glorieuse Athilan.

Le réseau routier monte droit vers ce qui doit être maintenant le centre de l'Allemagne puis zigzague à travers l'Europe centrale en contournant les régions recouvertes de glaciers. L'une de ces pistes mène à Naz Glesim, extrémité est de l'empire. En voyant ce nom écrit sur la carte, je pense à toi qui es là-bas en ce moment même et une vague d'émotion me submerge.

Le poste d'échange de Thibarak, en Bretagne, est d'une certaine manière le quartier général ouest-européen pour les opérations terrestres. Des messagers vont et viennent sans arrêt entre Thibarak et Naz Glesim, acheminant les directives gouvernementales et les rapports du gouverneur de province. Le voyage prend environ deux mois dans chaque sens. Je devrais pouvoir glisser ces lettres dans la prochaine poche diplomatique. Si tout s'est bien passé pour toi et que tu as pris place dans l'esprit du gouverneur de province Sippurilayl comme les techniciens l'avaient projeté, alors peut-être me liras-tu. Ou peut-être pas. Tant de choses peuvent se produire. Dans le meilleur des cas, essaie de t'arranger pour que le gouverneur Sippurilayl réponde au courrier du Prince Ramifon Sigiliterimor. Quelle joie ce serait de recevoir une lettre de toi. Et bien sûr, nous devrons toi et moi effacer de la mémoire de nos hôtes respectifs ces messages incompréhensibles qu'ils s'adressent l'un l'autre. Avec un peu d'entraînement on devrait y arriver sans trop de problèmes.

Je pense que nous serons à Atlantis dans quatre ou cinq jours. Le Prince est monté sur le pont au coucher du soleil, seulement vêtu d'une tunique légère et d'une cape. Une brise tiède soufflait du sud.

Mais je te parle de douceur printanière et de mers tropicales pendant que toi tu es en train de te geler les fesses au fond de la steppe russe. Tu vas dire que je remue le couteau dans la plaie. J'ai simplement eu plus de chance que toi au tirage au sort. La prochaine fois c'est peut-être moi qui me retrouverai dans les glaces !

(Ce qui est sûr c'est qu'on ne sera jamais envoyés tous les deux au même endroit car la politique de la Maison est de nous faire couvrir le maximum de territoire. Le mieux qu'on puisse obtenir c'est d'être transférés dans la même époque comme c'est le cas maintenant. Ne nous plaignons pas trop. Je repense à ce qu'on nous avait dit quand nous nous sommes portés volontaires : que deux personnes partageant de profonds sentiments d'affection formaient une équipe doublement efficace dans ce type de missions. Et c'est vrai. Le fait de savoir que tu es là — à des milliers de kilomètres certes, mais dans le même espace temporel — me fait un bien considérable. J'ai l'impression de mieux supporter mon isolement de cette façon. Ah, si seulement je pouvais te *voir*, te *toucher*, te... Bon, du calme. Ne rêvons pas. Je t'écris et ce n'est déjà pas si mal. Et puis peut-être qu'un de ces jours, un messager arrivant tout essoufflé de l'autre bout de l'empire me remettra une lettre de toi.)

En attendant, j'approche un peu plus d'Atlantis à chaque minute.

Adresse mon meilleur souvenir à tous mes amis de Naz Glesim si toutefois j'ai des amis là-bas, ce dont je doute fort.

Tu me manques, tu me manques, tu me manques, tu me manques.

Roy

IV

Vingt-septième jour du mois de la Nouvelle Lumière, année de la Grande Rivière.

Atlantis, Lora ! Ça y est, je suis à Atlantis !

Je devrais dire l'île de Athilan. Elle s'est profilée sur l'horizon au milieu de la nuit, pendant que le Prince dormait. Un serviteur a sifflé à sa porte pour le réveiller, la coutume voulant qu'on célèbre chaque retour vers la bienheureuse Athilan par un rite particulier. Nous sommes sortis sur le pont et j'ai pu enfin la contempler, là, droit devant nous. Elle s'élevait très haut au-dessus de l'océan, magnifique et fière, drapée dans la lueur laiteuse du clair de lune. Quelle émotion !

L'imposante montagne qui se dresse au centre de l'île est appelée le mont Balamoris, le fameux volcan destiné à l'anéantir tôt ou tard. (Je préférerais que ce ne soit pas trop tôt !) Le monstre est manifestement endormi depuis des centaines ou des milliers d'années, si bien qu'une fantastique cité s'est érigée sur ses flancs et dans la vaste plaine ouvrant sur l'océan.

En approchant de l'île, j'avais à l'esprit le portrait qu'en fait Platon dans son dialogue « Critias ». Rappelle-toi, nous avons bûché dessus pendant notre période de formation. Platon parle de l'Atlantide comme d'un « continent » riche et magnifique, comptant abondance d'arbres et d'arbustes, de fleurs et de fruits, d'animaux sauvages et domestiques, de minéraux précieux... La ville principale, selon lui située sur la côte sud, était une gigantesque métropole de vingt-cinq kilomètres de circonférence formée de deux bandes de terre circulaires que divisaient trois canaux. Elle comportait un grand nombre de palais, de tours, de ponts et de murailles fortifiées. Au centre se trouvait le périmètre sacré, ses temples d'or et d'argent aux toits d'ivoire.

Aucun historien moderne n'a daigné prendre au sérieux le récit de Platon. Eh oui, je sais... Ce texte fut rédigé vers 355 avant J.-C. et Platon situait lui-même la destruction d'Atlantis 9000 ans plus tôt, époque à laquelle la Grèce nageait encore en pleines ténèbres préhistoriques. Alors ? Quelles étaient ses sources et de quels témoignages dignes de foi aurait-il pu disposer ? Mystère. Conclusion : Toute cette histoire n'était que pure fiction, fantaisie platonicienne.

Vraiment ? Maintenant que je la vois de

mes propres yeux, je me dis que Platon n'a pas simplement sorti l'Atlantide de son imagination.

On a cru jusqu'au vingtième siècle que l'île était purement mythique. Les voyages dans le temps nous auront au moins permis d'établir qu'elle a bel et bien existé, qu'elle s'élevait au milieu de l'océan Atlantique et qu'un gigantesque cataclysme l'a engloutie plusieurs milliers d'années avant l'époque de Platon. Il est donc tout à fait concevable que la mémoire de cet événement se soit transmise de génération en génération au travers de légendes — la fabuleuse Atlantis disparue à jamais ! — et que certaines d'entre elles, sans doute quelque peu écorchées en cours de route, aient pu encore circuler autour du Bassin méditerranéen au temps de Platon.

Étrange, en tout cas, de constater à quel point la véritable Atlantis — celle que j'ai sous les yeux au moment où j'écris ceci — ressemble à celle décrite par Platon.

Bien sûr, ce n'est pas un continent mais une île. Une très grande île. Peut-être de la taille de Bornéo ou de Madagascar. Ceci dit, quand on a en face de soi une immense terre qui s'étend à perte de vue à gauche et à droite, comment savoir s'il s'agit d'un continent ou d'une île géante ? Platon n'avait pas complètement tort. Atlantis était certainement beaucoup plus étendue que Cuba ou la Grande-Bretagne.

Par contre, il se trompait sur certains détails. Par exemple, la ville principale n'est pas située sur la côte sud mais sur la côte ouest. Elle est effectivement de forme circulaire, entourée d'une haute muraille constituée d'énormes blocs de pierre empilés les uns sur les autres. Le travail de maçonnerie est d'une précision fantastique. La perfection même. L'intérieur de la cité est sillonné de canaux et de larges boulevards dont la splendeur pourrait rivaliser avec ceux des capitales modernes.

Si seulement tu pouvais voir le quartier du front de mer, Lora. C'est stupéfiant ! Imagine un port colossal en forme de demi-lune, un quai de granit noir revêtu de marbre rose et de longues jetées de pierre s'avançant loin dans la mer. Il y a tout autour de moi une foule de navires athilantéens en provenance des horizons les plus lointains. Des marchandises sont déchargées à quai, inspectées et inventoriées par des intendants. Des coffres emplis de métaux précieux et de joyaux, d'épices, de fourrures et de bois rares.

Sur l'un des côtés du port se dresse la Fontaine des Sphères qui envoie tous les quarts d'heure une monumentale gerbe d'eau vers le ciel. En face, le Temple des Dauphins, une construction de marbre blanc aux lignes d'une pureté et d'une grâce indicibles. Pour te donner une idée, le Parthénon a l'air d'une villa de nouveau riche en comparaison !

Du front de mer part une assez large rue, la rue des Astronomes au bout de laquelle s'élève une tour imposante coiffée d'un dôme : l'Observatoire Impérial. Juste derrière s'ouvre une avenue immense, le Carrefour du Ciel. Elle s'étend sur plusieurs kilomètres, menant au cœur de la cité : le périmètre sacré des temples — exactement comme le décrivait Platon — érigé sur une colline. Les murs des édifices ne sont cependant pas recouverts d'or et d'argent mais de marbre blanc. Toutefois, lorsque le soleil de l'après-midi vient les frapper de ses rayons toute la ville étincelle tel un monumental bouclier d'or.

La ville s'étend encore loin au-delà du périmètre sacré, jusqu'au pied du mont Balamoris. Et puis ce sont des fermes et de vastes prairies, des mines de cuivre, de fer et d'or, une forêt profonde où vivent toutes sortes d'animaux sauvages dont une troupe d'éléphants. De vrais éléphants, pas ces espèces de mammouths hirsutes qui errent dans l'Europe de l'ère glaciaire.

Le climat est extrêmement doux ici. Étant donné que les jours et les nuits sont à peu près de même longueur été comme hiver, je dirais que l'île est située sur le tropique du Cancer ou juste au nord de celui-ci. Il pleut un peu chaque jour mais les averses sont de courte durée. Un coup de vent pousse les nuages et le soleil brille à nouveau. L'air est léger et transparent, le ciel d'un bleu de porcelaine. Partout où tu portes le regard tu vois des massifs de fleurs aux couleurs éclatantes. Plus le temps passe et plus j'ai du mal à m'imaginer qu'en ce moment même une bonne partie de l'Europe et de l'Amérique du Nord est enterrée sous une épaisse couche de glace, que çà et là des bandes de types vêtus de peaux de bêtes chassent le mammouth ou le rhinocéros en brandissant de rudimentaires casse-tête.

Pas étonnant que le souvenir d'Atlantis ait pu continuer à rayonner dans les esprits des milliers d'années après sa disparition. Un tas de légendes concernant la grande cité engloutie devaient circuler d'une peuplade à l'autre à travers la longue période d'obscurité qui suivit. Le royaume évanoui. La terre des miracles et des merveilles. Et les conteurs transmettant la parole de génération en génération tandis que la calotte de glace fondait lentement. L'humanité redécouvrant ensuite l'agriculture, apprenant à nouveau à bâtir des villes et des villages pour s'élever peu à peu — à Sumer, en Égypte, en Chine — vers ce degré de réalisation que nous appelons « civilisation ».

Mais le plus étonnant, le plus incroyable, c'est que les légendes millénaires parvenues jusqu'à Platon n'aient pas été plus fantastiques encore. Car Atlantis est véritablement miraculeuse, cette Atlantis de l'année 18.862 avant J.-C., avec ses bateaux à vapeur et ses générateurs électriques, avec sa divine architecture et ses merveilles mécaniques. Tellement plus fantastique que tout ce que les conteurs grecs ou romains ont pu imaginer.

Je suis sérieux. Très sérieux. D'un point de vue technologique, cette cité est à pied d'égalité avec nos capitales modernes — Londres, Paris ou New York, et bien plus belle que les trois réunies.

Comment un tel prodige a-t-il pu se produire ? Je n'en ai pas la moindre idée.

A son retour, le Prince Ramifon Sigiliterimor a été tellement accaparé par toutes sortes de rituels et de cérémonies que je me suis demandé si j'allais jamais voir la cité. Il a fallu rester à bord du navire je ne sais combien de temps. C'était presque aussi pénible et éprouvant pour mes nerfs que ces jours passés dans le port de Thibarak à attendre la fin des cérémonies de départ.

D'abord, il y eut la célébration du Retour, le Prince remerciant les dieux de l'avoir assisté tout au long de son périlleux voyage. Des prières interminables dans les fumées d'encens. Et puis le sacrifice d'un taureau qu'il exécuta de ses mains. Ça me faisait horreur d'assister à la scène de si près mais je n'avais pas le choix. L'animal était en fait un aurochs, l'ancêtre maintenant disparu de nos bovidés. Une bête énorme pourvue d'une paire de cornes de près d'un mètre.

Heureusement la mise à mort fut rapide, le Prince se comportant comme un habitué de la chose, le geste sûr, la main ferme. La lame du coutelas paraissait être du meilleur acier, la poignée décorée de pierreries. Les Athilantéens avaient peut-être franchi en pionniers les étapes du progrès et de la civilisation, ils traînaient encore avec eux quelques séquelles de barbarie.

Après ça, je pensai qu'on allait enfin descendre à terre. Pas du tout. D'autres prières et trépignements de pieds suivis d'une orgie de viande d'aurochs sommairement grillée au feu de bois que je fus content de voir descendre dans l'estomac du Prince et pas dans le mien — quoique dans ma position de squatter d'esprit il ne soit pas toujours facile de faire la différence. Ramifon quitta ensuite tout son monde pour aller se recueillir devant un petit autel dressé dans la cabine du capitaine. Là encore, je dus subir des heures d'invocations à tel et tel dieu. Une pléiade de prêtres en grande tenue montée à bord vint se joindre à lui pendant un moment mais ils quittèrent le navire en le laissant à ses prières.

La nuit tomba. Une foule énorme était massée sur le quai, saluant l'héritier du trône par des chants. On tira un superbe feu d'artifice, on poussa des cris de joie, on mangea, on but jusqu'à très tard.

Le lendemain matin, le jeune frère et la jeune sœur du Prince arrivèrent pour lui souhaiter officiellement la bienvenue. La Princesse Rayna doit avoir environ treize ans et le Prince Caiminor pas plus de quinze. Tous les deux lui ressemblent beaucoup, petits et trapus, la peau olivâtre, les sourcils noirs.

La réunion familiale fut très formelle. Pas d'embrassades, de simples effleurements du bout des doigts. La cérémonie de Bienvenue se prolongea jusque vers le milieu de l'après-midi, à la suite de quoi les jeunes héritiers escortèrent leur frère à terre, m'accordant enfin cette sublime ivresse de fouler le sol du continent perdu d'Atlantis par l'entremise de mon hôte le Prince Ramifon Sigiliterimor Septagimot Stolifax Blayl, Premianor Tisilan of Athilan.

Je n'allai cependant pas très loin. Pas plus loin que le Temple des Dauphins situé à l'une des extrémités du quai. Une sorte de tente avait été dressée pour le Prince derrière la première rangée de colonnes. Là, il devait être purifié et lavé des infections qu'il pouvait avoir contractées chez les sauvages des terres occupées.

Le rite de Purification dura un jour entier et une nuit. On l'immergea dans un bain de lait, on couvrit son corps de pétales de fleurs rouges et jaunes, on chanta et on pria encore à profusion : « Que Ton corps soit lavé de toute impureté. Que Ton corps soit lavé de toute impureté. » Interminablement. Inexorablement. « Que les souillures des terres se détachent de Ta peau. Que les souillures des terres se détachent de Ta peau. » Impitoyablement. « Sois purifié, ô Prince, que Ton âme et Ton corps s'ébattent à la source de l'innocence. Sois purifié, ô Prince... » Je crus que j'allais devenir fou.

Tout ceci m'aura toutefois appris une chose : le racisme est solidement implanté dans les esprits des insulaires. C'est le propos du rite de Purification. Les Athilantéens nourrissent à l'égard des colonisés des terres un dégoût viscéral. Ceux-ci ne sont que saleté et pestilence dont le Prince doit être soigneusement lavé.

Les habitants de Athilan nomment les habitants des terres « le peuple de fange ».

Ne maîtrisant pas encore parfaitement la grammaire athilantéenne, certaines subtilités de langage m'échappent. Par exemple, dans ce cas précis, je ne sais pas s'ils veulent dire que les habitants des terres *vivent* dans la fange — c'est-à-dire dans des grottes ou sous des huttes de branchages — ou bien qu'ils sont eux-mêmes *faits* de fange. J'aurais tendance à pencher pour la seconde hypothèse.

Ainsi, les nobles et splendides et magnifiques Athilantéens si hautement civilisés traitent les peuples de l'âge de pierre comme de vulgaires animaux. As-tu noté la même chose de ton côté, à Naz Glesim ? Peut-être est-ce différent là-bas où ne résident qu'une poignée d'Athilantéens parmi des centaines d'indigènes. La prudence devrait au moins les tempérer. Mais ici, sur l'île, aucun danger. Ils peuvent librement exprimer leur mépris.

« Nous rendons grâces aux dieux, ô dieux soyez loués, loués soient les dieux qui ont veillé sur notre bienheureux Prince dans son voyage depuis la terre du peuple de fange jusqu'à notre royaume humain. »

Tu saisis la nuance, Lora... Le Prince est de retour chez les *humains*.

Je suppose qu'on ne peut pas vraiment reprocher aux Athilantéens de se sentir supérieurs. Ces types vivent dans de fastueux palais de marbre, ils ont l'électricité et le tout-à-l'égout alors que le reste du monde casse du silex pour se tailler des cure-dents. Mais tout de même, ils vont trop loin. Les hommes de l'âge de pierre sont certainement en retard selon les critères athilantéens, ils n'en sont cependant pas moins humains.

Ce racisme poussé à l'extrême pourrait peut-être expliquer en partie pourquoi nos archéologues n'ont jamais trouvé la moindre trace de civilisation athilantéenne sur les sites paléolithiques. Quand on a été dominé et exploité pendant des milliers d'années par une race dite supérieure qui vous traite de *fange* et que du jour au lendemain leur île chérie est soufflée par un volcan, voilà l'occasion pour un bon soulèvement et une extermination en règle des surhommes qui restent. Après ça, une envie irrépressible vous prend d'éliminer toute trace matérielle de leur colonisation et de votre servilité, de tout ramasser — vaisselle, sculptures et ustensiles divers, jusqu'aux outils de progrès qui vous facilitaient la vie — et de tout jeter d'un bloc dans l'océan comme un mauvais souvenir qui a trop duré. Cette hypothèse ne me semble pas insensée.

Il faudra la vérifier lors d'une prochaine mission d'études dans le passé. Une fois que nos recherches sur les circonstances exactes de l'annihilation de la civilisation athilantéenne auront abouti, il faudra chercher à savoir ce qui s'est passé ensuite en Europe et dans les autres colonies et s'il y eut ou non épuration des maîtres tant détestés.

Quoi qu'il en soit, je ferais mieux de poursuivre mon récit. Je ne suis pas ici pour juger mais pour observer.

Le rite de Purification s'acheva par une apothéose, le Prince barbotant dans une espèce de baignoire en albâtre remplie de vin et de miel. Puis il se releva, le corps ruisselant de ce liquide sucré, tandis qu'éclatait un chœur de prêtres et de prêtresses chantant des hosannas. Des serviteurs le frottèrent vigoureusement pour le revêtir ensuite d'une longue toge de coton blanc à liséré bleu, qui est la tenue coutumière de tous les Athilantéens. (Ce mariage du blanc et du bleu que l'on retrouve dans les décorations architecturales est très présent dans l'art grec.) Phase suivante : la procession commença à remonter à pied la grandiose avenue du Carrefour du Ciel — et moi écarquillant les yeux depuis mon mirador dans l'esprit de l'héritier du trône ! —, le Prince se devant maintenant d'aller présenter ses respects à son considérable père, Harinamur, Grand Darionis d'Athilan.

La procession prit toute la journée. Le Carrefour du Ciel est bordé des deux côtés par de splendides constructions de style classique et n'a rien à envier — que ce soit par sa taille ou sa majesté — aux Champs-Élysées, à la Cinquième Avenue ou à Piccadilly. Les gens se pressaient aux fenêtres pour voir passer le Prince qui allait tête nue, seulement vêtu de sa toge blanche et d'une paire de sandales. Vers midi, le soleil qui écrasait les rues depuis le matin disparut brusquement derrière les nuages et l'habituelle pluie quotidienne se mit à verser. De véritables trombes d'eau que le Prince ne parut même pas remarquer. Je ne saurais dire combien de kilomètres il parcourut ainsi mais à aucun moment il ne manifesta le moindre signe de fatigue.

Au déclin du jour, il arriva enfin devant le Palais Impérial qui dominait l'esplanade au bout de l'avenue. Le somptueux édifice à multiples colonnades de marbre reposait sur une plate-forme de granit sise au sommet d'un colossal escalier. Tout en haut, sous un large porche, son père l'attendait. Et le Prince Ram, qui venait de marcher à travers les rues de la ville pendant plus de huit heures sans faire une seule halte, s'élança sans hésiter à l'assaut de l'escalier qui devait bien compter une centaine de degrés.

— Salut, ô Roi Unique, dit-il. Harinamur, Grand Darionis ! (Et puis, baissant la voix :) Père.

— Ram, dit le Roi.

Et ils s'étreignirent.

La scène était infiniment touchante. Le puissant roi et l'invincible fils éprouvaient tant de joie à leurs retrouvailles. Un bonheur d'une intensité rare. Tu sais combien j'étais proche de mon père, Lora, combien nous nous aimions, mais je ne crois pas avoir jamais ressenti avec lui quelque chose qui puisse se comparer à cet extraordinaire flux d'amour qui passait entre eux. Ils restèrent un long moment dans les bras l'un de l'autre. La foule des Athilantéens massée sur l'esplanade observait le silence.

Je dois dire que j'étais un peu embarrassé. J'avais l'impression d'être de trop au milieu de ce flot d'émotions. Dans ce genre de situation il faut tout de suite essayer de prendre du recul — ce n'est pas moi qui vais te l'apprendre. Se dire que, puisqu'on ne peut voyager dans le temps sans squatter la pensée des hommes d'autrefois, notre mission implique forcément de se comporter en intrus et d'espionner continuellement la personne dont on occupe l'esprit, même dans les situations les plus intimes. Que ça nous plaise ou non, c'est la seule façon d'agir si nous voulons sauver quelque chose de notre passé disparu.

Le Roi est certainement le personnage le plus impressionnant qu'il m'ait été donné de rencontrer. La grandeur d'un Moïse, la présence d'un Abraham Lincoln et l'autorité d'un César. Il est d'une taille très supérieure à la moyenne des Athilantéens, avec de longs cheveux couleur de neige et une barbe de patriarche. Il émane de son regard tellement de noblesse et de sagesse qu'on serait tenté de s'agenouiller devant lui pour embrasser ses sandales. Ce jour-là, il portait une robe pourpre brodée de fils d'or et d'argent et sa tête était coiffée d'une couronne de lauriers montée sur un diadème à pointes d'or.

Il serra le Prince Ram contre lui puis fit un pas en arrière afin qu'ils puissent tous deux se dévisager. Le regard pénétrant du Roi brillait d'un amour si intense que je me sentis un instant à la fois attristé et jaloux en songeant que personne d'autre au monde n'avait pu être aimé de son père comme l'était le Prince Ram.

— Ton absence nous a cruellement pesé chaque jour et chaque heure de chaque jour, dit le Roi. Nous avons invoqué les dieux sans relâche afin qu'ils veillent sur toi et te guident sur la route du retour. Et nos prières ont été exaucées.

— Père. Grand Darionis. Roi Unique. Jamais mes pensées ne se sont éloignées de toi tout au long de mon voyage.

Ils s'effleurèrent ensuite les mains du bout des doigts comme le veut l'usage.

Six prêtres arrivèrent aussitôt après, entourant un autre aurochs que le père et le fils égorgèrent sur place. On alluma un feu, on fit cuire la viande. Les prêtres découpèrent plusieurs morceaux sur la carcasse puis les leur apportèrent. Le Roi et le Prince mangèrent en silence.

J'avais beau savoir qu'il s'agissait d'un rituel célébrant le renouveau de l'amour, encore une fois je ne pus m'empêcher d'être franchement dégoûté par cette scène de barbarie. Mais que faire sinon subir ? Enfin, au bout d'un temps qui me parut interminable, le Roi et son héritier pénétrèrent dans le palais royal.

Comment te décrire la splendeur de ce lieu avec de simples mots ? J'en étais époustouflé, ahuri, renversé. Tout autour de moi, des tentures somptueuses, des pièces d'ivoire sculpté, des piliers de marbre rose et vert, des fenêtres aux vitres filigranées — imagine-toi le palais des Mille et Une Nuits surgi devant toi et tu auras un aperçu de l'état dans lequel je me trouvais ! Et pendant que je contemplais cette magnificence mon cœur se serrait à l'idée que tout ça était condamné à finir au fond de l'océan Atlantique, enseveli sous des milliers d'années de boue et de limon. Que dans un mois, dans un an, dans un siècle, dans mille ans, un déluge de feu et d'eau pousserait vers le néant ce monde de féerie. (Les ruines du palais reposent sûrement encore dans les profondeurs marines, mais les trouvera-t-on jamais ? Et que resterait-il aujourd'hui de leur beauté ?)

Chaque membre de la famille possède ses appartements à l'intérieur du palais. Ceux du Prince Ram se trouvent au second étage, donnant sur une vaste cour entourée d'un jardin. Chaque pièce semble bâtie aux dimensions d'un géant. Si tel est le lot d'un prince, je me demande à quoi peuvent ressembler les appartements d'un roi !

Le Prince et moi étions enfin seuls après cette épuisante journée. Ram était tellement exténué que j'avais du mal à saisir sa pensée qui s'effilochait par bribes. Tout ce qui lui traversait l'esprit me parvenait brouillé et cotonneux. Il voulut néanmoins se persuader qu'il était encore vaillant et, lorsque son père monta lui souhaiter la bonne nuit quelques moments plus tard, Ram s'engagea dans une discussion à propos de je ne sais quelles affaires. Mais ses yeux se fermaient malgré lui. Le Roi eut un sourire indulgent et lui proposa de remettre cette conversation au lendemain.

Après qu'il se fut retiré, le Prince se hâta de dire ses prières de fin du jour et tomba sur son lit, sombrant aussitôt dans un lourd sommeil.

Je le laissai se reposer la moitié de la nuit, mais j'avais tant de choses à te dire que je me résolus à le faire se lever pour chercher de quoi écrire. J'ai passé plus de deux heures à lui dicter cette lettre qu'il a scrupuleusement rédigée sur de longues feuilles de vélin. Étant donné que son esprit est toujours ensommeillé, il continue de prendre un repos bien mérité. Mais sans doute sa main droite sera-t-elle terriblement engourdie demain matin. Je crois malgré tout que je ferais bien de m'en tenir là. L'aube est proche maintenant. Là où tu es, à des milliers de kilomètres plus à l'est, le soleil est déjà haut à cette heure. J'espère que tout va bien pour toi et que tu auras un jour l'occasion de voir par toi-même ce fabuleux royaume de Athilan.

Bien à toi,

Roy

V

Trente-sixième jour de la Nouvelle Lumière, année de la Grande Rivière.

Une lettre de plus que j'envoie vers l'inconnu. Arrivera-t-elle jusqu'à toi ? Me répondras-tu jamais ? Qui sait ?

Autant le dire tout de suite, je ne suis pas au mieux de ma forme. De temps à autre, je suis pris de violents coups de cafard. Je me sens perdu, coupé de tout contact avec la réalité, tragiquement conscient de n'être qu'une espèce de spectre flottant implanté dans le corps d'un étranger tandis que mon propre corps sommeille dans un laboratoire à l'autre bout du temps.

Heureusement, j'ai le réflexe de me secouer pour me dire que c'est un privilège d'être ici — de participer à cette formidable exploration d'un passé que l'on avait cru à jamais disparu, de le percevoir avec mes sens, bref d'être le témoin visuel de cette époque miraculeuse qui avait donné lieu aux spéculations les plus abracadabrantes. Cette aventure est tellement extraordinaire ! Il y a de quoi être un peu déboussolé par moments, non ?

Je ne sais même pas pourquoi je te pose la question. Nous sommes dans le même bateau toi et moi. Je suppose que j'avais tout bêtement envie d'en parler et de vider mon sac. Et à qui d'autre que toi pourrais-je me confier ?

Parfois, je me dis qu'on aurait mieux fait de ne jamais se porter volontaires pour ce royaume délirant et de rester tranquillement à l'abri dans notre époque. On serait peut-être en ce moment en train de se balader dans le parc la main dans la main, de faire notre jogging sur la plage ou de manger une pizza. Rien d'exceptionnel. De ces petites choses insignifiantes qui font partie du quotidien. Mais cet univers si familier commence à me paraître de plus en plus irréel. Il faut que je me concentre de toutes mes forces pour me rappeler le goût d'une glace à la vanille ou le bruit que fait une guitare et même — Dieu me vienne en aide — pour voir se dessiner la forme de tes yeux. Et puis tout me revient et je pousse un soupir de soulagement.

Bon, il faut essayer de s'habituer à ces sautes d'humeur et tenir bon. Se dire que le moment venu on sera rapatriés dans notre corps et qu'après ça on aura tout le temps d'aller se gaver de pizzas et de glaces à la vanille. En attendant, je suis sur Atlantis et toi dans l'Europe de l'âge de pierre. On participe à la plus formidable expérience que l'homme ait jamais vécue. Alors, haut les cœurs !

Ici, mes journées ont été bien remplies. Plein de nouvelles informations.

Par exemple, j'ai appris pas mal de choses sur le système politique athilantéen.

Le Roi est un monarque absolu. Mais vraiment *absolu*. Tout ce qu'il décide fait loi. Pas de conseil des nobles, pas de sénat, rien pour s'opposer à son autorité. Il a bien sûr des courtisans et des bureaucrates mais l'ensemble de l'empire est essentiellement sa propriété privée qu'il a tout le loisir de gouverner à sa guise.

Une telle organisation tient du scénario catastrophe. C'est du moins ce que l'histoire nous a enseigné. Le pouvoir absolu transmis de génération en génération finit toujours par tomber entre les mains d'un Néron ou d'un Caligula. Il peut se passer un siècle ou deux avant que cela ne se produise mais le chaos est assuré au bout du compte.

Pourquoi n'en a-t-il pas été de même ici ? Comment l'empire athilantéen a-t-il pu se maintenir pendant des centaines et des centaines d'années sans jamais engendrer un tyran que le pouvoir ait rendu fou furieux ?

Il semble que la clé de l'énigme soit contenue dans le titre accordé au Roi, Grand Darionis, qui signifie littéralement Roi Unique. Les Athilantéens entendent par là qu'il *est le seul roi qu'ils aient jamais eu.* Le souverain actuel est considéré comme étant la réincarnation de tous ceux qui ont occupé le trône avant lui, et cela jusqu'aux temps légendaires où le premier Harinamur fonda le royaume. Lorsqu'un roi meurt, toute sa mémoire passe dans l'âme de son successeur qui incarne ainsi la sagesse accumulée au cours des siècles par l'ensemble de la dynastie. C'est du moins ce qui est dit. J'ignore encore si cette assertion est à prendre au sens littéral ou si ce n'est qu'une façon imagée d'exprimer le caractère incontestable de cette notion de perpétuation du savoir.

Je pense cependant que cette histoire de Roi Unique explique en partie les liens exceptionnels qui unissent le Roi et le Prince Ram.

Ram est l'héritier du trône, ce qui veut dire — si j'ai bien compris — que, quand le temps viendra pour lui de prendre le titre de Grand Darionis, il deviendra identique à son père. Le Roi peut très bien regarder Ram dès à présent comme une simple continuation de sa propre identité, et Ram se considérer d'ores et déjà comme la réincarnation du Roi.

Il me reste beaucoup de choses à comprendre. Si la transmission de mémoire est entendue au sens propre par exemple, comment s'y prennent-ils ? Ont-ils mis au point une technique de transplantation ? Dans l'affirmative il faudrait soit procéder à l'opération du vivant du Roi soit juste au moment de la mort.

Autre possibilité : ce concept est à prendre au sens figuré et n'est qu'une sorte de convention, de fiction politique ; comme en Chine où l'Empereur est appelé « Fils du Ciel ».

Jusqu'ici, j'ai sondé le Prince avec une extrême prudence concernant ce problème. Il se peut que ce soit un domaine particulièrement sensible pour lui, auquel cas il risquerait de me sentir en train de fouiner dans ses pensées. Je tiens absolument à éviter ce genre d'ennuis.

D'après ce que j'ai pu savoir, il semble néanmoins que les Athilantéens disposent d'une méthode leur permettant d'opérer une fusion des esprits, des personnalités, des compartiments-mémoire, etc. Il y aurait plusieurs étapes, chacune marquée par une grande cérémonie.

Tout d'abord le Rite de Désignation, au cours duquel le jeune enfant — lorsqu'il a atteint l'âge de dix ans — est officiellement proclamé héritier du trône.

Ensuite le Rite de Jonction. L'enfant a alors treize ans. Je ne sais pas précisément en quoi il consiste mais son objet est d'établir une connexion puissante et durable entre le souverain et son héritier. Il doit s'agir, je pense, d'ouvrir une sorte de canal spirituel par lequel les impulsions psychiques des deux personnages peuvent circuler librement d'un mental à l'autre. C'est le début du transfert à proprement parler.

Troisième étape : le Rite d'Onction, célébré dans la dix-huitième année de l'héritier. Le Sacre de Ram devrait donc avoir lieu très prochainement. Ce rituel marque l'entrée véritable du Prince dans l'âge adulte avec toutes les responsabilités que cela implique. Il est également investi de certains pouvoirs mystiques. Pouvoirs si mystérieux que Ram lui-même semble encore ignorer leur nature. Promu au rang de vice-roi du royaume et logeant désormais dans un palais bien à lui, le Prince exerce son autorité en différents domaines et doit se soumettre à nombre d'obligations dues à son rang. Il lui est en outre permis de se marier. C'est même ce qu'on attend de lui.

(Autant que je sache — et bien que la date du sacre soit sûrement très proche — les pensées du Prince Ram ne se portent vers aucune jeune femme susceptible de devenir sa Princesse. Ou bien lui serait-elle imposée par son père qui choisirait le moment des présentations ?)

Quatrième et dernière étape : le Rite d'Union qui, je présume, marque le transfert final de l'identité du Roi dans l'esprit du Prince, le moment approchant pour le souverain de céder le trône à son héritier. J'ignore tout des détails concernant ce rituel. Ils sont enfouis si profondément dans les pensées du Prince que pour y accéder il me faudrait partir dans une véritable expédition. De toute évidence, c'est là un sujet auquel il ne veut pas penser. Ou peut-être n'y est-il pas autorisé.

Je me demande sérieusement ce que j'éprouverai au moment du Rite d'Union. Toutes ces impulsions mentales supplémentaires se ruant dans l'esprit du Prince. J'imagine le pire. Comme d'être assis au sommet d'un arbre au beau milieu d'un ouragan.

Ceci dit, il se peut très bien que je sois déjà parti. Je suis affecté ici pour six mois, comme toi à Naz Glesim. Impossible bien sûr de connaître la date de cette cérémonie finale mais mon petit doigt me dit que je n'y assisterai pas. Mes sentiments sont très confus à ce propos. L'impact que pourrait avoir sur moi le Rite d'Union me procure quelque inquiétude, et en même temps j'en serais presque à souhaiter que les techniciens me laissent rester suffisamment longtemps pour en être témoin. Car je suis sûr que l'observation de ce phénomène répondrait à quantité de questions que je commence à me poser sur Athilan. Je ne voudrais pas me faire rapatrier dans notre époque avant d'avoir intégré le maximum de données.

De toute façon, je n'ai aucun contrôle sur les événements. Quoi que je dise ou fasse, on me réexpédiera dans mon corps le moment venu. Retour vers notre époque, vers la « réalité », vers toi, Lora. Mais je devrai aussi abandonner Atlantis. Comprends-moi bien, j'ai terriblement envie de te retrouver, tu le sais, mais ce doit quand même être quelque chose d'assister à ce fameux Rite d'Union, d'être au premier rang quand toutes les mémoires accumulées de tous les rois de Athilan déferlent telle une gigantesque marée d'équinoxe dans l'esprit du Prince !

Bon, on verra bien. Après tout, ce n'est pas moi qui tiens les commandes. Il m'arrive d'ailleurs de me sentir comme une sorte de pantin qu'on dirige à distance. Je sais que j'ai tort de cogiter là-dessus. Il était entendu depuis le début qu'on était missionnés dans cette époque pour une durée bien déterminée sur laquelle il ne pouvait être question de revenir. Ça ne sert à rien de rouspéter. C'est vrai. Mais j'ai ce drôle de pressentiment qu'on va me déconnecter des pensées du Prince juste au moment où quelque chose d'extraordinairement important sera sur le point de se produire... Et que je n'aimerai pas ça du tout.

Pourquoi est-ce que je me fais autant de souci ? Toutes ces questions ne mènent à rien.

Je me sens seul. Je pense à toi et tu me manques. Voilà le vrai problème. Je ne suis plus si sûr que ce soit une tellement bonne idée d'envoyer ensemble dans le passé « deux personnes partageant de profonds sentiments d'affection »...

Le Prince est un jeune homme actif et vigoureux. On n'a guère le temps de s'ennuyer avec lui.

Il est levé à l'aube. D'abord, les prières. (Ces Athilantéens sont de grands dévots. Ils ont au moins deux douzaines de dieux considérés comme étant les différents aspects d'un Dieu Unique). Avant de prendre son petit déjeuner, il pique une tête dans la piscine en marbre située derrière l'aile droite du palais. Il nage ses cinquante longueurs sans une pause. Ensuite c'est le petit déjeuner. Des fruits tropicaux, que je suis incapable d'identifier pour la plupart, de l'agneau rôti et un vin rouge un peu liquoreux. Le vin au petit déjeuner ce n'est pas ma tasse de thé. Mais le Prince est fort comme un bœuf, je ne l'ai jamais vu éméché. Comme tous les peuples méditerranéens dont, j'en suis de plus en plus convaincu ils sont les ascendants, les Athilantéens adorent le vin. L'île est couverte de splendides vignobles. (Tous leurs vins sont assez doux. Je sais que les vrais connaisseurs clament que les vins secs sont les meilleurs mais les Athilantéens ne seraient certainement pas d'accord avec eux.)

Après le repas, Ram a une entrevue avec

le Roi au cours de laquelle ils examinent ensemble toutes sortes de documents officiels et de rapports.

La majorité des sujets discutés concernent les flots de marchandises que les navires rapportent d'Afrique et d'Europe du Sud. On peut dire que les Athilantéens ont inventé l'impérialisme. Ils ont colonisé tous les coins du monde qui leur étaient accessibles, important ce dont ils avaient besoin — du minerai surtout, mais également des denrées alimentaires — et donnant très peu en retour. Il est vrai aussi, que pouvaient-ils offrir aux autres humains de cette époque encore en pleine préhistoire ? Notre système colonial moderne importe ses matières premières des pays sous-développés et leur exporte en échange des produits manufacturés. Mais les chasseurs semi-nomades de l'âge de pierre n'ont pas vraiment besoin de globes électriques, de pièces de plomberie ou de pneus en caoutchouc.

Un abîme sépare les Athilantéens du reste de la planète. C'est absolument phénoménal. Leur avance technologique, sociale et culturelle, est tellement prodigieuse que je ne vois aucune explication. Une race mutante de super-génies mystérieusement surgie de nulle part à la fin de l'ère paléolithique ? Ça me paraît un peu extravagant. Mais quoi d'autre alors ?

Le Roi et le Prince débattent également des affaires intérieures. Certains membres du gouvernement méritent-ils de l'avancement? D'autres une sanction pour faute commise dans l'exercice de leur fonction ? Ils décident du réaménagement de la voirie et des nouvelles constructions à entreprendre. Ils planifient les festivals religieux à venir. Rien de tout cela n'est particulièrement excitant ou romantique, mais c'est leur travail. On ne dirige pas un empire en se croisant les bras.

Le déjeuner est léger : du raisin, du fromage, quelques tranches de ce pain — dur comme du bois — qu'ils font à partir du blé encore à demi sauvage qui pousse ici. Le blé n'en est qu'au stade primitif de son évolution, ce qui n'est déjà pas si mal étant donné l'époque reculée à laquelle nous nous trouvons. Quoi qu'il en soit, le pain athilantéen n'est pas spécialement appétissant. Ram accompagne son repas d'un vin blanc au parfum outrageusement sucré.

Vient ensuite une sieste. Et puis un peu d'exercice : équitation, lancer du javelot et autres disciplines. Le Prince est un athlète complet. D'ailleurs, il faut être sacrément en forme pour monter les chevaux qu'ils ont ici — courts sur pattes et pourvus d'une longue crinière mais vicieux et colériques à un point incroyable. De vrais animaux sauvages. Les Athilantéens ont compris le principe de la selle mais pas celui de la bride ou du mors. Leur technique consiste à attraper le cheval par l'encolure et à le soumettre par la force.

Après ça, il y a toujours un rituel ou un autre à accomplir. A sa manière, Athilan est un pays très religieux. L'endroit grouille de prêtres et de prêtresses attachés à tel ou tel dieu. Pas de cérémonie religieuse qui puisse se passer de la présence du Roi et du Prince. Le Roi n'est pas seulement le monarque absolu mais aussi le Grand Prêtre et le Souverain Sacrificateur, et le Prince son bras droit. Chaque jour, ils doivent ainsi présider une ou plusieurs cérémonies. Les chants et les prières sont extrêmement stylisés de sorte que je ne peux me faire une idée précise de leur signification. Et toujours de nombreux sacrifices d'animaux auxquels je ne parviens toujours pas à m'habituer.

Tard dans l'après-midi, la famille royale se réunit au complet. Ils passent un moment ensemble, détendus, pleins d'affection les uns envers les autres, avant de prendre leur dîner en commun. Un véritable festin. Les serviteurs sont tous des natifs des terres occupées. (Des esclaves, je suppose. Les Athilantéens, je ne dois pas l'oublier, ont encore tout à apprendre en matière de liberté et de démocratie. A l'instar des Grecs, des Romains et de beaucoup d'autres civilisations avancées de l'Antiquité, l'esclavagisme est pour eux une chose tout à fait légitime. Je suis toujours surpris de voir des peuples éclairés se livrer à des pratiques aussi cruelles et iniques que l'esclavage. Mais le passé est ce qu'il est. Les Athilantéens semblent du moins traiter leurs esclaves avec un minimum d'humanité.)

La nourriture est servie en abondance lors de ces festins : un aurochs rôti fait généralement figure de plat principal et le vin coule à flots. (Tout le monde paraît cependant demeurer sobre. Je me demande si le degré d'alcool dans le vin est très faible ou si les Athilantéens ont un seuil de tolérance particulièrement élevé.)

En fin de repas, des poètes viennent chanter. Il s'agit presque toujours de fragments d'un long poème épique du style de l'*Iliade* et l'*Odyssée*. Les accents en sont parfois émouvants mais le sens difficile à saisir — même pour le Prince lui-même — car l'œuvre est rédigée en athilantéen ancien. D'après ce que j'ai cru comprendre l'histoire parle d'exil, de longue errance sur les mers et de la naissance de cette grande cité sur l'île de Athilan.

Pendant que les poètes déclament, je m'imagine ce que devaient être ces festins du temps de la Grèce antique, lorsque Homère venait chanter ses poèmes en s'accompagnant de sa lyre. Et quel étrange sentiment de songer alors que la Grèce est loin d'être antique — que plus de dix-sept mille ans devront encore s'écouler avant même qu'elle n'apparaisse — et que Homère, Achille, Agamemnon et autres figures légendaires sont autant d'inconnus noyés dans les brumes d'un inimaginable futur. Du moins, en ce qui concerne les Athilantéens.

Il fait nuit assez tôt ici. Aussitôt que les poètes ont fini de chanter, le Prince va se coucher et dort comme une souche jusqu'aux premières lueurs de l'aube.

Disons plutôt qu'il *dormirait* comme une souche si je n'étais là pour le tirer du lit vers le milieu de la nuit afin qu'il puisse écrire ces lettres pour moi. Il n'a bien sûr aucune conscience de cela. Les lettres sont soigneusement cachées dans un coffre recouvert de cuir sous une pile de vieilles toges. Lorsque j'apprends qu'un messager s'apprête à faire route vers Naz Glesim, il me suffit d'endormir le Prince pour qu'il place parmi le reste du courrier le mot qui t'est adressé. J'ignore toujours si mes lettres te parviendront. La distance qui nous sépare est si grande et la conjoncture tellement peu commode. Je continuerai malgré tout de t'écrire. J'ai un besoin vital de ce contact et cela quand bien même il devrait demeurer à sens unique.

L'idéal serait d'avoir un magnétophone pour enregistrer directement mes impressions. Un rêve irréalisable dans l'état actuel de nos connaissances. Le réseau d'impulsions électriques que nous sommes est incapable d'emmener avec lui autre chose que le contenu de notre esprit. Tu ne trouves pas ça frustrant ? Moi, si. J'aimerais rentrer avec un tas de cassettes enregistrées, des notes, des croquis et pourquoi pas avec une valise ou deux remplies d'objets made in Atlantis. Dommage que ce soit impossible.

Je vais devoir terminer cette lettre ici. La main et l'avant-bras de Ram commencent à être pris de crampes. Il a besoin de repos. Moi aussi.

Roy

VI

Cinquième jour du mois du Vent d'Ouest, année de la Grande Rivière.

Une semaine s'est écoulée depuis ma dernière lettre. J'ai préféré ne pas t'écrire. De drôles de choses me sont passées par la tête. Je n'avais pas envie d'en parler, espérant qu'elles disparaîtraient d'elles-mêmes.

Inutile de te faire languir plus longtemps. Voilà : j'ai été pris d'une terrible envie de dire au Prince que j'étais là.

Je sais que c'est la maladie classique des voyageurs du temps. Une sorte de besoin de se lever et de crier : « Regardez-moi, regardez-moi ! Je suis là, à l'intérieur de votre crâne ! » Ça a même un nom, je crois : le syndrome de culpabilité de l'observateur. Ou quelque chose d'approchant. Mais ça ne m'aide pas beaucoup de savoir que je ne suis pas le premier à qui ça arrive.

Voilà maintenant plusieurs semaines que j'observe le Prince Ram de cette position unique et privilégiée que j'occupe. Je me sens plus proche de lui que je l'ai jamais été d'aucun autre être humain. Je sais de quel côté de la bouche il préfère mâcher ses aliments, le nom du dieu qu'il blasphème quand il se cogne le doigt de pied contre une racine et toutes les mauvaises blagues qu'il faisait à son petit frère quand il était gamin.

Je me demande si toi aussi tu ressens ce fameux syndrome de culpabilité. J'avais commencé à y faire allusion dans une précédente lettre lorsque je te disais que ce travail d'observateur avait pas mal en commun avec celui d'un espion. Déjà, je ne me sentais pas très à l'aise. C'est cent fois pire à présent. J'ai l'impression d'être un voyeur. Un espion a au moins l'excuse de servir son pays. Un voyeur n'est rien d'autre qu'un sale type.

D'accord, Lora, je sais ce que tu vas me répondre... Je sers la cause de la connaissance en étant là où je suis et en y faisant ce que je fais. De plus, je suis supposé avoir été entraîné pour dépasser ces sentiments de culpabilité et de honte.

Mais plus le temps passe, plus j'apprends à connaître le Prince Ram, et plus je l'admire. Il est vigoureux, compétent, intelligent, décidé, discipliné. En un mot, *princier*. Vraiment princier. Il a sans doute ses petits défauts, comme tout le monde, mais c'est avant tout un être humain d'une qualité exceptionnelle et qui fera un jour un grand roi. Et plus je l'apprécie moins je suis fier de ce que je fais. J'en viens à haïr le fait d'être là, tapi dans son esprit, imperceptible et invisible, en train d'épier ses paroles et ses pensées les plus intimes. Je me déteste quand je le manipule pendant son sommeil afin qu'il rédige ces lettres.

Je veux lui faire savoir que je suis là — un visiteur venu d'un lointain futur étudier le grand et glorieux empire athilantéen à son apogée. Je lui demanderai la permission de rester dans son esprit et poursuivre mon travail.

N'aie aucune inquiétude. Je n'ai encore rien fait qui puisse me trahir. Même si plusieurs fois au cours de la semaine dernière j'ai failli franchir le pas et établir un contact conscient avec lui. Et la tentation est toujours présente. Loin de s'atténuer, je sens qu'elle ne cesse de grandir.

Jusqu'à présent je suis resté très prudent. Pas d'incursions trop profondes dans son mental. Je me limite à une observation passive en surface avec contrôle des informations sensorielles seconde par seconde.

Je n'ai pas voulu plonger dans les données stockées en profondeur. Ce serait le meilleur moyen pour commettre un faux pas et créer le trouble dans l'esprit du Prince. J'ai trop peur de ma réaction si je découvrais tout à coup qu'il suspectait une présence étrangère en lui. Je crois bien que je serais capable de tout lui avouer d'un bloc sans prendre le temps de réfléchir. Autant éviter ce genre de situation à haut risque.

Cette extrême prudence de ma part présente cependant certains inconvénients.

Puisque j'ai décidé de ne pas m'aventurer trop profond dans les pensées de mon hôte, je suis par exemple dans l'impossibilité de comprendre la signification d'un rite apparemment peu commun mais très important. Le Prince et son père l'ont célébré la nuit dernière.

En fin d'après-midi, un messager avait accouru auprès de Ram pour lui annoncer la nouvelle : « Cette nuit est la nuit de l'Étoile du Bohémien. »

C'est exactement ce qu'il a dit : *l'Étoile du Bohémien*.

Le Prince était en train de se reposer après deux bonnes heures passées à cheval. Il fit aussitôt venir des esclaves qui le baignèrent et l'oignirent d'une huile aromatique. Ils le vêtirent ensuite d'une robe écarlate aux reflets chatoyants (certainement en soie. Je me demande s'ils la font venir de Chine ou s'ils la produisent localement) et le coiffèrent d'un bandeau en argent. Ram monta ensuite jusqu'au plus haut étage du palais d'où partait un escalier menant sur une terrasse fleurie.

Là, le Roi Harinamur l'attendait. Il portait une robe de soie encore plus somptueuse que celle du Prince et un bandeau d'or ciselé. Ils étaient seuls. Il n'y avait ni *prêtres ni esclaves.*

L'obscurité commença bientôt à se faire. Le père et le fils ouvrirent alors un coffre en bois ouvragé. Ils en sortirent de fines baguettes d'un bois odorant qu'ils disposèrent sur un petit autel de pierre verte (du jade ?). Puis ils attendirent, se tenant immobiles, le regard levé vers un même endroit du ciel presque au-dessus de leurs têtes. Je sentais le Prince tomber lentement dans une sorte de transe. Son cœur battait plus vite, ses yeux étaient dilatés et la température de son corps chutait.

Les étoiles apparurent enfin. Les constellations du ciel paléolithique se mettaient en place tels des vaisseaux étincelants surgis de l'ombre.

La tête rejetée en arrière, le regard fixe, Ram les contemplait sans ciller.

— Je la vois, dit-il après un temps.

Sa voix était lointaine et gutturale, comme celle d'un homme parlant dans son sommeil.

— Déjà ? dit le Roi. Bien sûr, oui, tes jeunes yeux...

— Au-dessus de la Grande Baleine. A gauche de la Lance.

— Oui. Oui. Je la vois aussi. Salut à toi, Étoile du Bohémien !

— Salut à toi, murmura le Prince. Étoile du Bohémien !

Puis ils se mirent à psalmodier une invocation dans la langue sacrée utilisée par les prêtres.

J'étais bien trop fasciné — effrayé, même — pour pénétrer les pensées de Ram et chercher la signification de tout ceci. Telles deux statues de pierre dressées sous l'immensité du ciel, le Roi et son fils contemplaient l'étoile en lui adressant leur prière. Je crois que je vis celle dont il s'agissait. Une étoile très brillante plus grosse que les autres. Elle émettait un scintillement rougeâtre. Comment savoir son nom ? Non seulement je n'y connais pas grand-chose en astronomie mais le ciel de Athilan est complètement différent de celui qu'on peut observer dans notre époque.

Ram était maintenant plongé dans un profond état de transe. Son père également. Ils continuaient leur lente et lancinante psalmodie. Comme un long poème. Non, plutôt comme une prière pour les morts. Des larmes coulaient sur les joues du Prince et j'étais moi-même saisi d'une émotion irrépressible.

Ils s'agenouillèrent ensuite pour mettre le feu aux baguettes déposées sur l'autel. Les flammes s'élevèrent dans la nuit, lâchant des rubans de fumée à l'odeur parfumée. Alors, très calmement, Ram commença à déchirer sa robe qu'il réduisit en lambeaux. Son père fit de même. Ils lacérèrent leur vêtement de soie dont ils jetèrent les morceaux dans le feu. Ils furent bientôt complètement nus, debout devant l'autel, seulement coiffés de leurs bandeaux d'or et d'argent. Et puis ils les enlevèrent également et les écrasèrent entre leurs mains avant de les jeter dans le feu.

Le rituel était terminé.

Nus, toujours en état de transe, le Roi et le Prince firent demi-tour et regagnèrent l'intérieur du palais. Personne n'osait poser les yeux sur eux. Arrivés dans le corridor principal, ils se séparèrent sans un mot, chacun se dirigeant vers ses appartements. Ram entra dans sa chambre à coucher, s'étendit sur son lit sans prendre la peine de dire ses prières du soir et s'endormit dans l'instant.

Voilà tout ce que je sais de la cérémonie de l'Étoile du Bohémien. De toute évidence, ce rituel est le plus important de tous ceux auxquels j'ai pu voir le Prince participer depuis mon arrivée. Il accomplissait les autres comme de simples devoirs, sans s'impliquer outre mesure. Rien de comparable avec l'extraordinaire émotion qui le submergeait il y a quelques moments. Il faut absolument que je sache pourquoi. Si j'étais davantage sûr de moi j'irais tout de suite chercher la réponse dans ses pensées secrètes. Mais je ne veux pas me risquer à descendre vers ces niveaux de son esprit. Pas maintenant. Je me sens beaucoup trop fragile.

VII

Onzième jour du mois du Vent d'Ouest, année de la Grande Rivière.

Un grand jour pour moi.

Ta première lettre est arrivée de Naz Glesim par le courrier diplomatique ! J'ai bien dû la lire une douzaine de fois. Quel bonheur d'avoir enfin de tes nouvelles après tout ce temps, ces longues semaines passées dans la solitude de mon poste d'observation à l'intérieur de l'esprit du Prince.

Je dois t'avouer que je commençais à me faire du souci. Je sais bien que je ne pouvais pas escompter avoir une réponse plus rapide. Il faut un temps considérable aux messagers pour aller d'un bout à l'autre de l'empire. Mais je t'envoyais toutes ces lettres sans rien recevoir en retour, même pas une carte postale ! Et je voyais le temps passer — passer avec une abominable lenteur. Des années, des siècles, il me semble. Bien évidemment, je m'imaginais une foule de choses... Tu étais trop occupée pour m'écrire. Ou tu n'en avais pas envie. Ou pire, un incident grave s'était produit.

Je m'efforçais de ne pas laisser filtrer mon inquiétude et mon désarroi dans mes lettres. Chaque jour, j'essayais de me rassurer par tous les moyens. Mais enfin, tout cela n'a plus d'importance. Je sais maintenant que tu vas bien et que tu penses toujours à moi. Comme je suis heureux. Heureux et soulagé !

Les agents qui trient le courrier envoyé par le Gouverneur de Province de Naz Glesim ont dû avoir un choc en déroulant ce parchemin. Un message adressé au Prince dans une écriture inconnue ! Et puis ils en sont venus à la seule conclusion logique : il ne pouvait s'agir que d'une lettre codée, c'est-à-dire de la plus haute importance. Deux porteurs spéciaux la lui délivrèrent donc sur-le-champ.

C'est là que les choses se corsent. Le Prince examina le rouleau de vélin les sourcils froncés et, n'y voyant qu'un incompréhensible charabia, esquissa le geste de le jeter au feu. Enfer et damnation ! Je pris immédiatement le contrôle de son cerveau et le tirai en arrière. Et *cela juste sous les yeux des deux porteurs encore présents dans la pièce*. Ram se figea, voulut à toute force résister à ma volonté en mobilisant son esprit et trébucha contre le pied de sa table.

Dieu seul sait ce que pensèrent les porteurs. Leur bienheureux Prince était-il victime d'une nouvelle commotion cérébrale ? Ram ne comprenait pas davantage ce qui lui arrivait. Blessé dans son amour-propre, et craignant sans doute une autre défaillance, il ordonna aux deux hommes de sortir.

A peine eurent-ils refermé la porte que je l'endormais. Et je pus enfin lire ta lettre. La lire et la relire. C'était tellement merveilleux d'avoir de tes nouvelles au bout de ce long tunnel de solitude et de silence que je crus que j'allais fondre en larmes (dans les yeux du Prince !). Une fois que je la sus pratiquement par cœur, Ram la cacha pour moi dans le coffret où je rangeai le courrier qui t'était destiné. Je m'appliquai ensuite à effacer de sa mémoire tout souvenir de ce qui s'était passé, et je le réveillai.

Avec un peu de chance, il ne se rappellera de ce rouleau de parchemin qu'une vague image entrevue dans un rêve. Une illusion.

Bon. En tout cas, je vois que tu as l'air en pleine forme et c'est le principal. Content d'apprendre que le temps n'est pas aussi épouvantable que je le pensais du côté de Naz Glesim. Qu'il fasse froid certes — après tout, tu es en pleine ère glaciaire, mais au moins tu ne grelottes pas sous trois mètres de neige. Ta description de la maison où tu vis, entièrement constituée d'os de mammouths, est tout simplement fascinante. Comme si j'y étais ! Les fondations en crânes de mammouths, les murs en mâchoires de mammouths imbriquées les unes dans les autres, le hall d'entrée en fémurs de mammouths... Voilà donc à quoi ressemble le château du Gouverneur Sippurilayl. Il est naturel que le représentant du royaume de Athilan dispose de ce qui se fait de mieux sur place.

Tu me parles d'un type particulièrement laid, poilu, le front fuyant, que tu as vu rôder autour du village. Tu crois vraiment que ce puisse être un neandertalien ? D'après ce que je sais, cette race est éteinte depuis longtemps, quinze ou vingt mille ans au moins. Mais tu as peut-être raison, il est possible qu'il en reste quelques spécimens traînant dans les forêts. Des survivants d'une époque révolue qui n'ont plus leur place nulle part.

(Je me rends compte — toi aussi sans doute — à quel point nos connaissances sur la préhistoire étaient incomplètes, souvent erronées même, avant la récente révolution de l'exploration temporelle. On ne disposait jusque-là que de fossiles humains miraculeusement épargnés par le temps, d'un assortiment d'ustensiles en pierre taillée, de pointes de flèche, etc. Et avec ça, on essayait tant bien que mal de tracer le schéma de l'évolution humaine sur des centaines de milliers d'années. Un sacré challenge si l'on considère le peu d'éléments disponibles. Mais tout a changé. On peut maintenant se rendre sur place, voyager vers n'importe quelle époque du passé pour *voir* vraiment à quoi ça ressemblait. Par exemple, si ton idée est juste, l'homme de Neandertal n'a pas encore complètement disparu de la surface de la terre. Et la culture de l'*Homo Sapiens* du paléolithique est beaucoup plus élaborée que ce qu'on imaginait. Sans parler, bien sûr, de cet incroyable peuple athilantéen dont on niait purement et simplement l'existence. Une civilisation pourvue d'une technologie aussi avancée que la nôtre en bien des points.)

Puisque mes lettres te parviennent et que tu es en mesure de me répondre, je vais t'écrire plus souvent. J'espère que tu feras de même. Le fait d'avoir de tes nouvelles a complètement éclipsé le terrible sentiment d'isolement qui pesait sur moi. Je vais enfin pouvoir cesser de me torturer pour des riens et m'absorber tout entier dans mon travail d'observation.

Cette relation épistolaire est évidemment un peu risquée. Non seulement de par la façon singulière dont nous devons nous y prendre pour rédiger notre courrier, mais aussi parce que la circulation de ces parchemins couverts de signes bizarres pourrait finir par éveiller les soupçons. Sorcellerie ? Espionnage ? Imagine qu'un détective athilantéen soit lancé sur l'affaire... Quoi qu'il en soit, le jeu en vaut la chandelle. Je pense que tu seras d'accord avec moi. A la réception de ta lettre ce matin j'ai éprouvé l'une des plus grandes joies de mon existence. J'attends déjà la prochaine. Et la suivante. Et celle d'après.

Je dois te quitter. A plus tard.

Plus tard... Un peu avant l'aube.

Catastrophe ! Le Prince sait que je suis là.

Bien que depuis quelque temps je n'aie plus cherché à fouiller ses pensées profondes — je t'en ai déjà expliqué les raisons —, je ne peux m'empêcher malgré tout de capter ses vibrations mentales. Je sens bien lorsqu'il est énervé, lorsqu'il est anxieux ou en colère. Comme une sorte de fréquence radio sur laquelle je serais automatiquement branché.

Aujourd'hui, environ deux heures après l'arrivée de ta lettre et mon intervention pour que Ram ne la jette pas au feu, j'ai commencé à détecter en lui une forte sensation de malaise. Entre la colère et l'angoisse. Une tension qui montait lentement et graduellement et devenait plus intense de minute en minute.

C'était plutôt paniquant. J'avais l'impression qu'il allait exploser à tout moment. J'aurais bien voulu pouvoir court-circuiter le processus mais je ne savais pas sur quoi agir. Comme si j'écoutais le tic-tac d'une bombe à retardement sans être capable d'intervenir.

L'explosion, ce fut d'entendre sa voix qui

me parlait à moi. Pas de doute possible. Il s'adressait mentalement à l'intrus logé dans son esprit...

— *Qui es-tu, démon, et que fais-tu à l'intérieur de moi* ?

Tu te rappelles quand je nous comparais à des espèces de démons prenant possession des corps et des esprits de nos hôtes ? Eh bien, c'est exactement comme ça que Ram semble voir les choses.

J'étais complètement abasourdi. Terrifié. Désemparé. Ne sachant quoi dire ou quoi faire.

Je tenais là ma chance d'établir un contact direct avec le Prince. (Si mes dernières lettres te sont parvenues, tu sauras que je me battais depuis plusieurs jours contre cette terrible envie de lui faire savoir que j'étais là. Cet appel soudain du Prince, ce cri qui m'arrivait dans l'obscurité était une véritable incitation à céder au syndrome de culpabilité qui me hantait.) Je n'en fis pourtant rien. Maintenant que j'étais au pied du mur, je restais tapi dans mon coin, silencieux, suivant à la lettre les consignes de sécurité apprises à l'entraînement.

— *Je sais que tu es là. Je te sens. Tu es caché dans mon esprit*.

Je ne bronchai toujours pas. Que pouvais-je faire ? Lui dire qu'il se faisait des idées ? Tout contact, toute suggestion me trahirait et lui confirmerait ma présence.

— *Qui es-tu, démon ? Que me veux-tu ?*

Il était de plus en plus agité. Il tremblait. Des spasmes secouaient son corps. Son cœur cognait dans sa poitrine. Ses tempes battaient comme des tambours. Il s'agenouilla en se prenant la tête dans les mains, pressant de toutes ses forces de chaque côté de son crâne pour m'extraire de là par la seule force de sa volonté.

Peine perdue. Rien de tout cela n'avait d'effet sur moi. J'étais inaccessible.

Je sentais son système nerveux proche de la rupture. Une telle violence intérieure le dévastait que j'en étais transi de peur. Il suffoquait. Ses yeux étaient exorbités. La sueur perlait par chacun de ses pores. Je commençais vraiment à craindre pour lui. Il fallait intervenir coûte que coûte.

Une alternative se présentait à moi : lui révéler ma présence ou bien le plonger en léthargie. J'optai pour la seconde. Il s'effondra alors sur le sol et ne bougea plus.

Je demeurai ensuite prostré un long moment, encore sous le choc. Puis, peu à peu, j'entrepris d'explorer les niveaux supérieurs de sa pensée.

Comme je m'y attendais, je découvris que je n'avais pas entièrement effacé de sa mémoire le souvenir de ta lettre. Il se rappelait l'avoir vue. Et puis l'incident survenu sur le navire, il se le rappelait aussi. J'étais en train de t'écrire lorsqu'un serviteur était entré et l'avait réveillé. Ces faits étranges l'avaient amené à mettre bout à bout d'autres faits étranges : son embarras de cet après-midi et la manière dont il avait trébuché contre le pied de la table, son inexplicable perte de conscience lors de mon entrée dans son esprit quelques semaines auparavant, ces crampes fréquentes qu'il ressentait dans la main et l'avant-bras... Toutes ces choses directement liées à ma présence en lui. Le Prince est un homme hautement intelligent. Il en avait justement conclu qu'il était *possédé*.

Que faire ? Impossible d'éliminer tous ses soupçons en taillant dans ses pensées. L'ouvrage était trop vaste et je risquais de commettre des dommages irréparables. Je ne pouvais pas le laisser couché par terre non plus. Je me contentai donc de remettre les choses en ordre autant que possible : réguler le flux hormonal suractivé par le stress, baisser la tension du système nerveux. Puis je le réveillai.

Il se redressa en position assise, fronça les sourcils et secoua la tête. Il n'essaya pas de communiquer avec moi. Il se leva simplement, marcha un peu dans la pièce et se pencha à la fenêtre pour respirer profondément l'air du dehors. Il appela ensuite un serviteur pour se faire apporter un flacon de vin dont il but un verre à petites gorgées en regardant droit devant lui, l'esprit vide de toute pensée. Il dit enfin ses prières du soir, se coucha et tomba aussitôt dans un profond sommeil. L'aube vient maintenant de se lever et Ram dort toujours.

Je me rends bien compte que ma mission est compromise. La plus extrême prudence est de rigueur. Ram reste persuadé qu'un démon est en lui. Et il a raison. La violence de sa réaction m'a réellement terrifié. Je ne voudrais pas qu'il soit victime d'une attaque ou d'une dépression nerveuse qui puisse nuire à son avenir en tant qu'héritier du trône. Je pense que je peux continuer à me servir de lui pour écrire ces lettres, mais pour le reste je ferais mieux de rester tranquille. Au pire, si les choses tournent vraiment mal, je devrai écourter ma mission et me faire rapatrier dans notre époque. Croisons les doigts.

A plus tard, j'espère.

Le lendemain.

Un exorcisme a été pratiqué sur le Prince afin de me faire sortir de son esprit. L'opération n'a évidemment pas réussi. Malgré cela, ma position reste tout de même très précaire.

Dès son réveil, Ram fit mander le Conseiller Teneristis. Teneristis est le vizir du royaume et le mentor spécialement attaché à sa personne depuis de nombreuses années. C'est un petit homme un peu brusque, tenace et appliqué, avec deux touffes de cheveux blancs frisottés se dressant comme des cornes de chaque côté de sa tête. Mis à part cette touche assez comique, le personnage ne prête cependant pas à sourire.

— Il y a un démon en moi, dit le Prince. Il obscurcit mon esprit. Il me fait faire et voir des choses que je ne comprends pas.

— Alors tu dois te rendre au Labyrinthe, répliqua instantanément Teneristis. Si un démon est entré en toi c'est que tu as péché. Dans le Labyrinthe tu seras purgé de tes fautes.

Le Labyrinthe ! Thésée et le Minotaure ! Mais nous ne sommes pas en Crète et le mythe de Thésée ne verra le jour que des milliers et des milliers d'années plus tard. Le Labyrinthe d'Athilan n'est pas la demeure d'un monstre. Il s'agit d'un sanctuaire accroché sur les pentes du mont Balamoris et constitué d'un dédale de cavernes sombres et humides s'enfonçant dans les entrailles du volcan. Ces cavités ont certainement été créées lors d'éruptions anciennes avec tout leur réseau de conduits et de tunnels les reliant entre elles. Une authentique termitière géante que les Athilantéens avaient par la suite truffée d'une foule de temples.

La montagne paraît si paisible, si inoffensive... On pourrait presque oublier qu'un déluge de feu jaillira un beau matin de son cratère pour réduire à néant cette magnifique civilisation.

Le Prince partit seul peu après le lever du soleil. Il chevaucha à travers les rues scintillantes de la cité où flottaient encore par endroits de fines écharpes de brume, passant les temples et les palais, les villas et les parcs. Arrivé au pied du mont Balamoris, il attacha son cheval à un arbre, s'agenouilla à terre et pria. Puis, sans une hésitation, il grimpa vers la bouche étroite du Labyrinthe située à bonne hauteur.

Une simple fissure dans la roche, sans ornements ni signes distinctifs. Ram la franchit et se retrouva dans une salle octogonale dont les parois étaient recouvertes de carreaux blancs et bleus. Trois globes électriques répandaient une intense lumière dorée qui se perdait ensuite dans un passage pavé ouvrant sur un puits de pénombre. Le Prince s'y engagea résolument. Le tunnel descendait en spirale, plongeant dans un monde totalement obscur. Seul repère pour se guider : une suite de bas-reliefs sculptés dans le mur. On devait chercher son chemin en effleurant de la main ces figures séculaires organisées en séquences dont seul un Athilantéen pouvait saisir la logique. Tant que vous étiez capable de vous orienter en vous rapportant à votre connaissance des textes religieux, tout allait bien et le Labyrinthe était *lisible*. Mais à la moindre erreur, vous étiez immédiatement perdu et vos chances de sortir de ce dédale de couloirs et de caves étaient infimes. Teneristis avait pris un risque considérable en envoyant l'héritier du trône dans le Labyrinthe.

Le Prince ne semblait cependant pas particulièrement inquiet. Il avançait d'un bon pas, les paumes de ses mains déchiffrant les bas-reliefs avec sûreté. Il savait très exactement ce qu'il devait chercher et où le trouver. Une seule fois, ses doigts se figèrent sur l'une des figures en saillie, un éclair de doute le traversant tel un poignard acéré. Je sentis un flot d'adrénaline inonder ses veines. Puis il respira lentement et profondément et, recouvrant son sang-froid, effleura à nouveau le bas-relief.

Le signe qu'il attendait était là, un double trait en zigzag à gauche de la représentation centrale. Il soupira et continua son chemin au cœur des ténèbres.

La galerie se fit bientôt de plus en plus étroite et basse de plafond. L'air se réchauffa. Ram dut ralentir et se plier en deux. Il ne portait rien d'autre qu'un pagne autour des hanches et pourtant son corps était couvert de sueur. Son esprit avait beau demeurer calme et confiant, je sentais la conscience du danger affleurer le centre de son être. Qu'il se trompe ne serait-ce qu'une seule fois et c'en était fini de lui. Une mort atroce, seul, perdu dans ces ténèbres suffocantes.

C'est alors qu'une onde de joie le parcourut. La galerie venait de s'incurver pour déboucher soudain dans une salle. Et ses yeux pouvaient enfin voir.

Nous étions au cœur du Labyrinthe, dans la Chambre de Pénitence.

Une pièce circulaire au plafond voûté et

dont le sol, en son milieu, était percé d'une ouverture en forme de large cicatrice. C'est par cette faille que la lumière montait — rouge et mouvante, le cœur incandescent de la terre rougeoyant dans les entrailles du volcan. Ram s'approcha et je vis avec lui un grand lac de lave en fusion qui rugissait au-dessous, qui ondulait lentement et se tordait et bouillonnait et soufflait un vent brûlant. Et je vis autre chose aussi dans cette fournaise ardente : la mort annoncée d'Atlantis prête à se déchaîner.

Ram s'accroupit, la tête pressée contre les genoux, et pria pour que le mauvais esprit qui le hantait sorte de lui et ne revienne jamais.

Il invoqua les dieux. Il invoqua les rois en les nommant par leurs noms secrets, les noms qu'ils avaient portés en tant que princes, avant celui de Harinamur. Il invoqua encore toutes les forces de l'univers pour qu'elles le délivrent de...

Moi.

Et les mots s'écoulaient de sa bouche en un long et douloureux gémissement entrecoupé de sanglots : « Je me suis égaré du chemin de mes pères. Je n'ai pas conscience de ce que j'ai fait, mais j'ai péché et j'ai été puni pour mes fautes car je suis maudit. Infligez-moi ma pénitence, ô dieux ! Venez à mon secours, je vous en conjure ! Délivrez-moi ! »

Ram demeura prostré sur le sol, frissonnant dans l'épouvantable chaleur montant du volcan, attendant que la grâce des dieux descende sur lui.

Et pendant un instant, je crus que ça allait marcher — que j'allais subitement être arraché de son esprit et précipité vers je ne sais quels limbes. Ce fut terrifiant. Des tourbillons me secouaient dans tous les sens. J'avais l'impression que les murs de la salle se refermaient sur moi, que le poids de la montagne m'écrasait impitoyablement.

C'était comme si Ram avait soudain pris le contrôle de la situation, Ram et ses dieux. Je le sentais qui me cherchait dans ses pensées, essayant de s'emparer de moi pour me faire lâcher prise.

Je devais me battre comme un... eh bien oui, comme un démon ! Je n'avais pas le choix. Je le repoussai. Je dressai des barrières entre lui et moi. Je courus comme un fou dans les ramifications de sa pensée à la recherche d'un abri. Par moments, je croyais sentir la morsure d'un étau. J'allais être extrait comme une mauvaise dent et jeté dehors...

Il devait exister un moyen pour que je reprenne le contrôle de son esprit, pour que je le maintienne à distance. Mais là, dans le feu de l'action, je ne trouvais rien. J'étais tout bonnement en train de prendre la fuite. Je ne saurais dire combien de temps dura ce calvaire pendant lequel Ram était le chasseur et j'étais le gibier traqué... Une éternité, me sembla-t-il. Je me cramponnai solidement en essayant de me faire le plus petit possible, invisible, insaisissable.

Et puis il y eut une accalmie. J'en profitai pour m'avancer subrepticement et me mettre en liaison avec son esprit. Je m'emparai des leviers de commande. La tension retomba presque instantanément et je sus que j'étais sauvé. Les tourbillons qui m'enveloppaient faiblirent et s'évanouirent, les murs de la caverne battirent en retraite. Enfin, le Prince se redressa.

Il était très calme — détendu, même. Pensait-il qu'il avait réussi à me chasser ? Peut-être. Ou bien était-il simplement satisfait de m'avoir affronté et d'avoir frôlé la victoire... Il inspira profondément, exécuta quelques mouvements de relaxation tel un athlète après l'effort et quitta la Chambre de Pénitence pour prendre le chemin du retour en suivant la longue procession de bas-reliefs.

Un moment plus tard, dressé en pleine lumière devant la bouche du Labyrinthe, j'entendis distinctement sa voix intérieure qui s'adressait à moi :

— *Je vois que même le Labyrinthe n'est d'aucun secours...*

Ses paroles me firent l'effet d'un coup de poing.

— *Tu ne m'as pas abusé, démon ! Je sais que tu es encore là. Mais je ne te laisserai pas me dominer et être le maître.*

Une force nouvelle l'irradiait. Il était maintenant déterminé à me combattre jusqu'au bout. Je le savais.

Ma question est : A-t-il une chance de l'emporter ?

Il est tenace et vigoureux. Je peux cependant contrôler sa pensée alors qu'il ne peut contrôler la mienne. Pas vraiment. C'est vrai qu'il y est presque arrivé dans le Labyrinthe, mais presque seulement.

Je le sens tout de même qui est en train de me résister tandis que j'écris la dernière partie de cette lettre. J'arrive à le soumettre, bien sûr, mais la prochaine fois ou la fois d'après ce sera peut-être beaucoup plus difficile. J'ai l'impression de chevaucher un tigre.

Comme tu t'en rends compte, la situation est plutôt inquiétante. J'espère pouvoir te tenir au courant de son évolution dans les jours qui viennent.

Roy

VIII

Dix-huitième jour du mois du Vent d'Ouest, année de la Grande Rivière.

Figure-toi que depuis ma dernière lettre les choses se sont considérablement calmées. A ma grande surprise, le Prince Ram a fini par se comporter comme si la séance d'exorcisme dans le Labyrinthe avait porté ses fruits et chassé le mauvais esprit. C'est du moins ce qu'il a dit au Conseiller Teneristis après avoir regagné le palais. En outre, il n'a plus rien tenté pour communiquer avec moi.

J'ai quatre explications à son comportement, l'une d'entre elles étant peut-être la bonne.

1) Malgré ce qu'il m'a dit en sortant du Labyrinthe, il a effectivement réussi à se convaincre que l'exorcisme avait marché.

2) Il est en train de me feinter pour m'attaquer par surprise.

3) Il n'a pas envie d'avouer à Teneristis

que le Labyrinthe a été inefficace, de peur que celui-ci lui assigne une épreuve encore plus périlleuse.

4) Avec l'approche de la cérémonie de l'Onction — qui élève le Prince au rang de vice-roi — il ne veut pas se laisser distraire par quelque autre sujet.

Si Ram pense réellement que je suis parti, pourquoi a-t-il prétendu savoir que j'étais encore là ? Ça n'a pas de sens. J'ai également du mal à croire qu'il puisse craindre Teneristis, ou toute épreuve que le vizir est susceptible de lui imposer. Il n'a pas hésité une seconde à descendre dans le Labyrinthe. Qu'est-ce qui pourrait être pire que ça ?

L'explication concernant le Rite d'Onction me paraît un peu plus plausible. C'est un événement crucial dans sa vie. Imaginons que ce soit un blasphème ou un empêchement absolu de s'y soumettre alors qu'un démon vous possède. Il est possible que Ram attende ce moment avec impatience, qu'il ne supporte pas l'idée que la cérémonie soit ajournée — ce qui se produirait s'il avouait à Teneristis que le démon est toujours en lui. D'un autre côté, Ram est un homme d'honneur. Je ne le crois pas capable de cacher la vérité, encore moins de franchir une étape aussi importante de sa vie alors que son âme est impure.

Reste l'explication n° 2 qui semble malheureusement la plus vraisemblable. Ram a été formé pour devenir roi. Ruse, habileté et stratégie sont pour lui de maîtres mots. Quand un ennemi coriace vous harcèle, l'une des façons de l'abattre consiste à faire le mort pour le frapper au moment où il s'attend le moins.

Autre éventualité : Ram craint peut-être que cette histoire de possession ne lui ôte toute chance d'accéder au trône et que son jeune frère soit nommé héritier à sa place. Ce serait la raison pour laquelle il aurait décidé désormais d'ignorer son démon.

Quelle que soit l'explication, le Prince est étrangement calme ces derniers jours.

Trois heures plus tard. La situation est à présent complètement différente. Pour commencer, laisse-moi tout d'abord te dire que le Prince n'est pas sous hypnose pendant que j'écris ceci. Il est parfaitement éveillé et conscient de ce qui se passe bien qu'il n'ait évidemment aucune idée du sens des mots que sa main trace sur le vélin.

Je suis peut-être en train de commettre la pire erreur de ma vie. Et aussi la *dernière*. Et pourtant, je *veux* penser que les choses iront pour le mieux.

Tout a commencé avec l'arrivée de la poche diplomatique en provenance de Naz Glesim. A l'intérieur se trouvait ta seconde lettre, celle où tu m'expliques comment on chasse le mammouth dans ta lointaine contrée. (Mon idée c'est que ces types sont fous de chasser des bêtes aussi énormes en pleine tempête de neige. Même s'ils ont la conviction que c'est la seule façon de faire revenir le beau temps.) Comme à l'habitude, elle était mêlée au courrier envoyé par le Gouverneur Sippurilayl et adressée au Prince lui-même. Les agents affectés au tri la lui apportèrent donc dans son bureau.

Cette fois, Ram attendit d'être seul pour la décacheter. Moi aussi j'attendais, prêt à fondre sur lui dès qu'il commencerait à dérouler le parchemin, ceci afin d'éviter que son regard ne tombe à nouveau sur cette étrange écriture qui est la nôtre. Mais il prit les devants.

A peine eut-il brisé le cachet de cire que sa voix intérieure, vive comme l'éclair, s'adressa à moi :

— *Est-ce que ceci renferme encore un échantillon de ton écriture de démon* ?

Ainsi, il savait que j'étais toujours en lui. Je demeurai silencieux. Blotti dans mon recoin.

— *Dis-moi ce que tout cela signifie ! Le Gouverneur de Province Sippurilayl est-il lui aussi possédé par un esprit ? Et que vous écrivez-vous, vous deux démons ?*

Puis il déroula le parchemin et l'examina.

— *C'est bien ce que je pensais. A nouveau ces signes démoniaques. Très bien, démon... Puisque je suis impuissant à te chasser, je dois au moins te connaître. Dis-moi qui tu es et ce que tu es. Je t'ordonne de me répondre. Par tous les dieux, je te l'ordonne !*

J'étais pour ainsi dire à la croisée des chemins. Je pouvais encore essayer de gagner du temps et l'étourdir pour effacer de sa mémoire la lettre qu'il venait d'intercepter. Ou bien j'admettais la vérité — en dépit des recommandations de nos instructeurs — et j'attendais de voir ce qui se passait.

Je n'ai pas hésité plus d'une fraction de seconde, Lora.

— *Je ne suis pas un démon*, dis-je. *Je suis un visiteur venu d'une terre lointaine depuis l'autre bout du temps.*

Je l'ai dit. Je l'ai vraiment dit.

J'avais l'impression de ne pas avoir le choix, Lora. On n'aurait sans doute jamais dû commencer cette correspondance — mea culpa — mais ce qui est fait est fait. Et notre courrier était condamné à se trouver exposé aux regards du Prince et très vraisemblablement à ceux du Gouverneur Sippurilayl. Quoi qu'il en soit, Ram aura été d'une remarquable perspicacité pour percer à jour une partie du mystère.

Je suppose que même à ce point il m'était encore possible de tailler dans sa mémoire, de tenter le tout pour le tout en prélevant un maximum de données ayant trait à ma présence en lui, aux lettres qu'il avait entrevues. Mais à quel prix ? L'entreprise était démesurée. Je courais le risque de causer de graves dommages dans tout son mental.

C'était stupide. Il était préférable d'enfreindre les consignes de sécurité, de lui avouer la vérité et d'en assumer les conséquences à la fois ici, à Athilan, et dans notre époque, lorsque je serai de retour au Centre.

Et quelle fut la réaction du Prince, à ton avis ? La stupeur ? L'effroi ? La fureur ? L'incrédulité ? Est-ce qu'il allait me prendre pour un esprit givré, un démon mythomane se disant venir d'une autre dimension temporelle ?

Rien de tout cela. Il ne manifesta ni contrariété ni émotion particulière. Très calme au contraire, presque désinvolte. Je suppose que c'est ce qui différencie les mortels ordinaires des fils de rois façonnés tout au long de leur vie à régner sur un empire. N'importe quel prince saura demeurer de marbre face à la situation la plus extravagante.

— *Tu viens donc de cet âge d'or du temps jadis, quand les dieux arpentaient encore la terre ?*

— *Non. Je viens d'une époque qui n'a pas encore été.*

— *Du futur ?*

— *Oui. Un futur situé à plus de vingt mille ans de ce présent d'aujourd'hui.*

— *Comme c'est étrange. Appartiens-tu à notre peuple* ?

— *Je ne pense pas,* répondis-je après un moment d'hésitation. *Non, je ne crois pas.*

Le Prince réfléchit et demanda ensuite :

— *Es-tu du peuple de fange, alors* ?

— *Peut-être. Je ne peux pas en être certain.*

— *Parce que tu viens d'un futur si lointain ?*

— *Oui,* dis-je. *En vingt mille ans bien des choses ont le temps de changer.*

La voix intérieure du Prince observa alors une longue pause. Il méditait mes paroles, les tournait dans son esprit pour mieux les assimiler.

— *Si tu nous arrives de si loin,* dit-il enfin, *c'est que tu dois être un grand mage.*

— *Pas exactement. Mais disons que ce sont de grands mages qui m'ont envoyé ici.*

— *Tu n'es pas un mage ? Seulement un démon ?*

— *Ni un mage ni un démon, Prince Ram.*

Il examina songeusement ces mots puis :

— *Pour moi tu ne peux être qu'un mage. Quel est ton nom ?*

— *Roy Colton.*

— *Voilà qui est bien un nom de mage.*

— *Je vous assure que c'est un nom très ordinaire.*

— *C'est un nom de mage,* répliqua fermement le Prince. *J'en ai l'absolue certitude. Dis-moi maintenant pour quelle raison tu es entré dans mon esprit, mage. Qu'y cherches-tu ?*

Il s'adressait à moi sur le ton de la simple conversation. J'étais sidéré de la facilité avec laquelle il paraissait à présent accepter ma présence. Rien ne subsistait des terribles mouvements d'humeur qui l'avaient ébranlé précédemment. On aurait dit que je n'étais plus un problème pour lui, qu'il trouvait cette situation du plus haut intérêt et cherchait à en saisir les tenants et les aboutissants.

Me dressait-il un piège ?

Il semblait que non. Son système endocrinien affichait un calme parfait à tous les niveaux. Imagine un peu la même chose nous arrivant à toi ou moi — qu'une espèce de spectre non identifié ait élu domicile dans nos têtes. Tu nous vois en train de bavarder tranquillement avec la *Chose* ? Sûrement pas. On foncerait plutôt aux urgences psychiatriques de l'hôpital le plus proche pour une révision complète. L'attitude du Prince n'est cependant pas si délirante que ça. Elle s'explique en regard du monde dans lequel il vit. Un monde où les dieux sont des entités réelles et tangibles — pas des abstractions — et où il n'y a rien de très extraordinaire à se colleter de temps à autre avec tel ou tel démon. Il n'est pas venu à l'idée de Ram qu'il ait pu perdre son bon sens quand une voix s'est mise à lui parler depuis l'intérieur de sa tête. Ma présence est considérée comme un défi à relever, une énigme à résoudre. Avoue que c'est une saine disposition.

Son ouverture d'esprit et sa bonne foi m'emballaient. Il voulait simplement savoir qui j'étais et ce que je faisais là.

Alors, je lui ai tout raconté. J'ai trahi notre code moral en long, en large et en travers.

Je lui expliquai comment mes compatriotes du futur avaient trouvé le moyen d'envoyer nos blocs psychiques dans le passé. Je lui retraçai l'historique de la recherche temporelle : les premiers essais, les échecs, les réussites. Les rétrotrajets expérimentaux d'une durée de quelques heures d'abord, puis de plusieurs jours et de plusieurs semaines. La maîtrise progressive du voyage dans le temps jusqu'à un degré de fiabilité suffisant pour envoyer les premiers volontaires dans les siècles passés. Des bonds de cent ans, de cinq cents ans, de mille ans. L'esprit humain capable de se mouvoir à travers les époques sous la forme de psychismes désincarnés.

Je ne sais pas jusqu'à quel point Ram comprenait vraiment ce que je lui disais. D'après les variations de ses sécrétions hormonales, je pouvais cependant constater qu'il était complètement fasciné.

J'en arrivai ensuite à Athilan — « Que nous appelons Atlantis », lui dis-je. Comment nos techniciens, en poussant leurs recherches de plus en plus loin dans le passé, avaient commencé à saisir certains indices prouvant l'existence de cette civilisation. Que parmi toutes les nations du monde antique l'empire d'Athilan était d'une grandeur inégalée. Et de par ce fait même celui que nous brûlions le plus de découvrir.

Parvenu à cet endroit de mon récit je m'arrêtai, subitement troublé par le fait que j'en disais peut-être trop. Je n'avais aucune envie d'évoquer la destruction prochaine de sa terre, l'annihilation totale de ce formidable empire dont rien d'autre ne devait demeurer dans les siècles futurs qu'un souvenir brumeux et historiquement suspect. Mais j'avais déjà jeté la pierre dans la mare en avouant au Prince que mon époque avait *découvert* Athilan parmi les combles temporels. Un tel oubli ne supposait-il pas une destruction située quelque part dans le temps ? Par chance, Ram était tellement captivé par la notion de consciences désincarnées se déplaçant librement à travers les siècles et les millénaires passés qu'il ne releva pas l'allusion.

— *Es-tu le premier mage de ton peuple à te rendre en Athilan* ? demanda-t-il.

— *Non. Le troisième*, répondis-je.

Je lui relatai alors les voyages d'exploration de Fletcher et d'Iversen. Les informations qu'ils rapportèrent s'avérant sans doute utiles d'une certaine manière mais très limitées puisque Fletcher avait atterri dans l'esprit d'un esclave et Iversen dans celui d'un boutiquier à l'intelligence peu éveillée. Ces deux expériences ne permirent pas de pénétrer en profondeur la pensée athilantéenne. C'est pourquoi il fut projeté que le prochain explorateur envoyé sur Athilan serait *débarqué* dans l'esprit d'un membre de la famille royale.

— *Et te voici,* dit Ram.

— *Et me voici, oui.*

Nous avons bavardé la moitié de l'après-midi, pendant le temps qu'il consacre d'ordinaire à l'exercice physique. Il ne tarissait pas de questions sur le monde d'où je venais.

Je lui décrivis nombre d'inventions modernes : le téléphone, la télévision, les transports supersoniques, les satellites artificiels. Je lui appris que nous avions des gisements miniers sur la Lune, des plates-formes d'observation scientifique sur Mars et que des équipages devaient bientôt partir en mission d'observation vers les lunes de Jupiter. Je me fis également un devoir de lui décrire notre organisation gouvernementale et à quoi ressemblait un monde partagé en plusieurs grandes nations et non dominé par une seule grande puissance hégémonique. Je lui racontai comment l'humanité avait survécu aux monstrueux conflits armés qui ravagèrent le vingtième siècle, et frôlé de peu l'holocauste nucléaire.

Le Prince ne se montrait nullement sceptique. Il ne doutait pas que les mages capables d'envoyer l'esprit d'un homme vingt mille ans en arrière construisent des machines volantes pouvant aller de Thibarak à Naz Glesim en deux heures, ou fassent voyager des images autour du monde le temps de fermer les yeux et de les ouvrir.

Non. La seule chose qu'il ne parvenait pas à gober c'était le concept des élections démocratiques. Il voulait connaître le nom de notre roi et depuis combien de siècles durait le règne de sa dynastie.

— *Nous ne fonctionnons plus selon ces principes*, lui dis-je. *Dans mon pays, nous élisons notre dirigeant tous les quatre ans. S'il ou elle gouverne avec sagesse, il arrive souvent qu'on le ou la réélise pour quatre ans. Ensuite, on choisit quelqu'un d'autre.*

Mais ce principe n'avait aucun sens pour lui. J'avais beau lui expliquer de toutes les manières possibles, l'idée de démocratie lui était inconcevable.

Comment un peuple pouvait-il *choisir* son roi ? Comment était-il permis à un *étranger* de prendre la place du souverain tout désigné ?

Il était déconcerté. Je le sentis se raidir, son pouls s'accélérant brutalement. Ce fut seulement lorsque je lui appris qu'il existait d'autres pays où les dirigeants gardaient le pouvoir beaucoup plus longtemps, et quelquefois leur vie durant, qu'il se détendit enfin.

Ceci dit, même le concept de dictature lui paraissait bizarre et déroutant. Le fait de s'accaparer le pouvoir pour se proclamer le chef suprême, puis de régner jusqu'à ce que les gens ne vous supportent plus et décident de vous renverser, après quoi quelqu'un d'autre arrivait et se proclamait à son tour le chef — non, ça non plus Ram ne pouvait le concevoir. Nos merveilles de technologie, la télévision, les satellites, l'exploration temporelle et les voyages interplanétaires, tout cela il l'acceptait sans broncher. Mais pas notre système politique.

Le jour suivant.

Les choses en sont au point où Ram et moi sommes devenus les meilleurs amis du monde. Il tolère parfaitement ma présence dans son esprit. N'est pas le moins du monde tourmenté de se savoir *habité*. Au contraire, il trouve ça formidable. Un mage venu d'un futur lointain qui loge derrière son front et lui raconte toutes sortes de trucs fabuleux. Naturellement, il n'est pas question qu'il en parle à quiconque. C'est son secret. Son trésor personnel.

Je suis conscient qu'en lui dévoilant la vérité j'ai violé toutes les règles de notre code, que je vais à l'encontre des procédures tactiques qu'on nous a enseignées. Sûr et certain qu'une fois de retour à la maison je suis bon pour la charrette. Mon geste aura donc des conséquences non seulement sur mon avenir mais aussi sur le nôtre à tous les deux. Ne crois pas que je prenne la situation à la légère. Mais ce que j'ai fait, je devais le faire. J'en reste convaincu. C'était la seule sortie honorable. Soit je lâchais le morceau soit je risquais de faire perdre sa santé mentale au Prince Ram. J'ai fait mon choix en âme et conscience et je suis prêt à en assumer les responsabilités, quand bien même cela impliquerait la ruine de ma carrière.

Il sait que tu squattes les pensées du Gouverneur Sippurilayl. Il sait que nous communiquons entre nous au moyen de ces lettres et il continuera de me servir de scribe. Tu es seule capable de décider si tu dois ou non révéler ta présence à ton hôte. A ta place, je ne le ferais pas. Tu n'as rien à y gagner et tout à y perdre par la suite. Pense à ta carrière dans la recherche temporelle. Rien ne t'oblige à la saboter comme je l'ai fait.

Continueras-tu à m'écrire après tout ça ?

Je l'espère de tout mon cœur. Je serais désespéré si nos contacts devaient cesser.

Autre chose : Ne va surtout pas croire qu'en correspondant avec moi tu te fasses la complice de mon insubordination de quelque manière que ce soit. Une fois rapatriés dans notre époque je ferai savoir à tous haut et fort que j'ai moi-même pris la décision de dire la vérité au Prince, sans te consulter, et bien sûr sans que tu m'aies suggéré quoi que ce soit à ce sujet.

Comme tu le sais, je n'avais rien calculé à l'avance. C'est arrivé et c'est tout. C'est vrai que j'ai enfreint les règles, mais honnêtement je ne vois pas quel mal il y a à révéler au Prince d'un royaume perdu si loin dans le passé que les hommes du vingt et unième siècle sont capables de voyager dans le temps. La connaissance de ce fait ne modifiera vraisemblablement pas le cours de l'histoire.

Ou bien crois-tu que si ?

De toute manière, ce qui est fait est fait. Ram et moi avons passé la moitié de la nuit à parler. Un peu comme des camarades de chambrée apprenant à se connaître. Il a bien dû me poser un million de questions : sur ma famille, sur la ville où je suis né, sur mon instruction de « mage », et cetera, jusqu'à ce qu'il tombe littéralement de fatigue et que je lui donne un petit coup de pouce pour l'endormir, à son insu, pour son propre bien.

Des camarades de chambrée. Oui. C'est à peu près ce que nous sommes.

Quelle situation étonnante, étrange et singulièrement envoûtante, Lora.

J'en suis profondément chamboulé.

A très bientôt, j'espère,

Roy

IX

Vingt-deuxième jour du mois du Vent d'Ouest, année de la Grande Rivière.

Des nouvelles. De grandes nouvelles. Disons plutôt que j'ai fait une découverte ahurissante. Renversante. Une découverte complètement inespérée et qui permet enfin d'élucider le cœur du mystère athilantéen.

Depuis que je n'ai plus à me cacher du Prince, je peux me promener librement dans ses pensées. Cela ne paraît pas l'ennuyer le moins du monde, ni troubler son intimité. (En fait, j'ai le sentiment que cette notion lui est étrangère ou de peu d'importance.)

S'il y avait une chose par-dessus tout que je voulais percer à jour, c'était bien le rituel de l'Étoile du Bohémien.

Rappelle-toi cette messe étrange que Ram et son père avaient célébrée le mois dernier. Le Prince et le Roi adressant leurs prières à une mystérieuse étoile, puis déchirant et brûlant leurs vêtements et détruisant les bandeaux d'or et d'argent qui ceignaient leurs têtes. Quel pouvait être le sens de ce rite ?

Pour tenter de répondre à cette question, je décidai donc de m'aventurer dans les profondeurs de la conscience de Ram. Ce que j'y trouvai dépassait de loin mes fantasmes les plus fous.

Il va de soi — ce n'est pas à toi que je vais l'apprendre — que l'esprit humain est autrement plus compliqué qu'une bibliothèque publique. Là, pas de tables alphabétiques informatisées pour conduire ses recherches. Bien que les pensées soient très certainement ordonnées selon un système précis, le génie capable d'en saisir la logique n'est pas encore né. Pas d'autre solution donc que de farfouiller au hasard en essayant d'établir les bonnes connexions entre tel et tel bloc mémoriel.

Avant de tomber sur ce que je cherchai, c'est-à-dire le souvenir du rituel de l'Étoile du Bohémien, je vis défiler un tas d'informations différentes : l'épisode du Labyrinthe tout d'abord, puis une longue promenade sur une plage de sable blanc aux vagues scintillantes, une chevauchée endiablée à travers une clairière inondée de soleil, etc. Et enfin, Ram et le Roi psalmodiant leur prière sur le toit du palais.

Cette information avait un écho et une résonance bien particulière dans la mémoire du Prince. Un peu comme une mélodie obsédante que l'on ne saurait fredonner soi-même mais que l'on identifierait entre mille si on l'entendait. Exactement ce qui se passait pour moi. J'avais déjà *éprouvé* cette résonance lors de la célébration du rite. J'étais en mesure de la reconnaître grâce à ce point de repère. Je suivis ensuite plusieurs lignes de pensée dans l'espoir de rencontrer un nouvel indice concernant l'Étoile du Bohémien...

Et je le trouvai. L'information émanait d'une portion du cerveau où l'histoire et le mythe étaient en sommeil. Et avec elle, une image de désolation : flottant à la surface d'une mer de cendres, toutes sortes de débris carbonisés — cordages brûlés, fragments entortillés de ce qui ressemblait à des hamacs. J'y regardai de plus près. Je sentis des vents d'une chaleur suffocante. Je vis dans le ciel un énorme soleil rouge.

Plus près encore. Plus profondément dans la conscience du Prince. Les cendres s'élevèrent et se muèrent en une cité extraordinaire entièrement faite de roseaux tressés. Les habitations, les rues, les ponts — d'une légèreté et d'une délicatesse immatérielles. Des gens au visage sombre marchaient en silence à travers un lacis de ruelles étroites. Par moments c'était la nuit, un collier de lunes brillantes suspendu sous la voûte du ciel. Puis venaient le jour et son énorme soleil menaçant.

Les habitants de la cité ressemblaient en

tout point aux Athilantéens : les cheveux et les yeux foncés, la peau mate, le corps trapu, les épaules larges. Parmi eux, je crus même apercevoir Ram et son père.

Le soleil devint plus énorme encore. L'air plus suffocant. La terreur était dans les yeux des hommes et des femmes. Leur monde approchait de sa fin. Le feu allait bientôt s'abattre du ciel et transformer cette fragile cité de roseaux en un vaste désert de cendres.

Je vis des engins monter dans le ciel. Une douzaine environ, peut-être davantage, qui emmenaient les quelques poignées de chanceux que le sort avait désignés pour échapper à l'explosion du soleil rouge.

Et le reste d'entre eux, Lora... Je savais ce qui allait leur arriver et j'en avais le cœur douloureux. Un monde entier anéanti. L'Étoile du Bohémien décochant des lances de feu depuis l'espace. La ville rasée, tous ses habitants exterminés. Tous, sauf ceux embarqués à bord des vaisseaux spatiaux.

L'apocalypse se déclencha. Une terrible lumière comparable à celle que pourrait produire un millier de bombes nucléaires explosant simultanément. Mais les vaisseaux étaient déjà en route, hors d'atteinte, le cap mis sur la sombre immensité du ciel.

Est-ce que tu comprends, Lora ?

Les Athilantéens sont des *extraterrestres*. Des humanoïdes physiquement si proches des humains qu'il est pratiquement impossible de faire la différence. Ils sont arrivés sur notre terre à bord de vaisseaux spatiaux après que leur monde situé à des années-lumière a été détruit par son propre soleil devenu nova.

Pas étonnant qu'ils soient à ce point en avance sur les indigènes de *notre* paléolithique. Un millier d'années, deux mille ans, trois mille ans peut-être avant cette époque que nous explorons toi et moi, ils ont brusquement surgi du fond de l'espace. Une civilisation capable de construire des engins intersidéraux débarquant dans un monde qui ne connaissait pas l'usage des métaux. Une civilisation encore plus avancée que la nôtre où les voyages interplanétaires n'en sont qu'à leurs débuts.

Pour les hommes de Cro-Magnon et leurs contemporains, ces humanoïdes ne pouvaient qu'apparaître comme des dieux. Ce qu'ils étaient d'une certaine manière. Des dieux qui édifièrent une cité fabuleuse en plein âge de pierre.

Et leurs descendants, ici sur Athilan, n'ont cessé depuis tout ce temps de contempler dans le ciel la trace de leur monde perdu, cet astre qu'ils appellent l'Étoile du Bohémien. Chaque année, à une date précise, ils tournent leurs regards vers le firmament et chantent la prière pour les morts en souvenir de tout ce qui fut avant que le soleil rouge ne se mette à augmenter de volume, avant qu'il n'explose et ne détruise leur monde.

Je comprends maintenant pourquoi le peuple d'Athilan avait besoin de remercier les dieux après que Ram fut revenu des terres occupées vers le royaume humain, et pour quelle raison ils avaient donné aux lointains indigènes le nom de peuple de fange.

Sans doute auraient-ils pu trouver un terme un peu plus flatteur, mais la réalité demeure que les Athilantéens se considèrent comme les *vrais* humains, les habitants des terres n'étant pour eux qu'une espèce étrangère de nature inférieure. Ici, il ne s'agit pas du tout de cette forme de racisme que l'on rencontre dans notre monde moderne où telle ou telle branche de l'espèce humaine se déclare supérieure aux autres races. Cette discrimination n'a aucun fondement, aucune justification, puisque toutes les races vivant sur la terre dérivent d'une même espèce, l'*Homo sapiens*. Mais les Athilantéens ont une authentique supériorité. Car, même s'ils ressemblent trait pour trait à l'*Homo sapiens*, ils n'ont aucun lien avec son arbre généalogique et proviennent d'une espèce entièrement différente. Je n'en excuse pas pour autant leur profond mépris à l'égard des habitants des terres. Je veux seulement dire qu'à la lueur de tout ceci je peux mieux comprendre leur façon de raisonner. Je pense aussi que, lorsque nous traduisons leurs paroles dans notre langue, il est fort possible que certains termes prennent une connotation beaucoup plus péjorative que ne l'entendent véritablement les Athilantéens.

Quelle incroyable saga ! Des réfugiés des étoiles posant leurs arches spatiales sur cette douce île de l'Atlantique-Est, édifiant une cité prodigieuse et se constituant un gigantesque empire paléolithique. Incroyable, mais vrai. J'ai pu localiser dans la mémoire de Ram les chroniques historiques qu'il étudia étant enfant. En cherchant bien, tu trouverais probablement les mêmes matériaux dans l'esprit de Sippurilayl.

Voilà donc l'énigme résolue. Si les Athilantéens sont tellement en avance sur tous les peuples préhistoriques, s'ils les surpassent aussi magistralement, c'est tout simplement qu'ils sont venus sur terre avec les clés d'un savoir extraterrestre.

L'actuelle civilisation athilantéenne est cependant loin d'égaler celle qui fut noyée sous les cendres. Nombre de connaissances technologiques ont été perdues au cours des siècles — peut-être par négligence, peut-être parce que certaines techniques ne pouvaient être reproduites dans leur nouveau monde. Quoi qu'il en soit, la supériorité des Athilantéens sur les colonies de chasseurs des terres occupées reste d'une écrasante évidence.

Tout cela semble presque trop fou pour être vrai. Un mythe, une légende, un poème, n'importe quoi sauf un fait réel et historique.

Je le répète : incroyable, mais vrai ! J'y crois dur comme fer. J'en ai discuté avec Ram qui a rejeté avec véhémence l'hypothèse du mythe. L'explosion solaire qui a détruit leur monde a bien eu lieu, la migration vers la terre, la construction d'Athilan sur une île déserte située dans la région la plus chaude de la planète... Il existe des chroniques détaillées relatant tout cela. Les enfants étudient les circonstances de la catastrophe et l'exil qui s'ensuivit comme nous nous étudions la découverte de l'Amérique par Christophe Colomb ou la prise de Boston par George Washington.

Pourquoi ne pas vérifier par toi-même ? Si le Gouverneur de Province Sippurilayl a une mémoire bien ordonnée, tu devrais trouver sans difficulté les leçons d'histoire de son enfance.

Quelle fantastique épopée que celle des Athilantéens ! A couper le souffle, non ?

Roy

X

Quatrième jour du mois des Jours Dorés, année de la Grande Rivière.

J'espère que mon long silence ne t'aura pas inquiétée. Tout va bien pour moi. Je n'avais pas trop envie d'écrire, rien de plus.

Enfin, si... A vrai dire, je me sentais un peu mal à l'aise après l'envoi de mes deux dernières lettres. Celle où je te confessais avoir révélé ma présence au Prince et celle où je te faisais part de mes découvertes sur les origines extraterrestres des Athilantéens. (As-tu déjà reçu la seconde ? Dans la négative, tu seras complètement déboussolée par ce que je viens de t'énoncer !) Je craignais qu'à la lecture de l'une ou l'autre de ces lettres tu me croies devenu fou, marteau, maboul ! — que tu me répondes en donnant libre cours à ta colère et ton ressentiment à mon égard, d'abord pour avoir passé outre les consignes de sécurité et enfreint les règles de notre code moral, ensuite pour avancer de telles absurdités... Les Athilantéens seraient venus d'un autre système solaire que le nôtre ! Foutaises, balivernes, délires d'un explorateur temporel surmené ! Voilà pourquoi je n'osais me manifester. J'attendais de voir comme tu réagirais à ces deux lettres.

Je suis au moins rassuré sur un point. Ton courrier commentant mon attitude envers le Prince est arrivé et j'ai été immensément soulagé que tu ne sois pas en colère, que tu puisses comprendre ce qui m'avait poussé à tout lui dire. Je me rends compte une fois de plus combien tu es formidable et merveilleuse et pourquoi je t'aime autant.

Pas de doute là-dessus, je sais que je vais sacrément me faire sonner les cloches une fois de retour à la maison. L'important est que tu reconnaisses avec moi que la seule sortie honorable consistait à avouer la vérité au Prince. Je ne pouvais pas laisser l'héritier du trône continuer à croire qu'il était possédé par un démon et se faire manipuler par toutes sortes de sorciers et d'exorcistes.

Puisque tu ne commentes pas mon autre lettre et son lot d'informations *incroyables-mais-vraies*, j'en conclus que tu ne l'as pas encore reçue. Sache, en tout cas, que j'ai fait de plus amples recherches sur le passé des Athilantéens. Ram m'a fait découvrir les archives royales où sont scrupuleusement consignés tous les événements de l'histoire de son peuple. Leur migration interstellaire est un fait dont il n'est plus permis de douter.

Les Athilantéens vivent sur notre planète depuis 1143 ans. Harinamur — le premier du nom — était le capitaine de la flotte spatiale qui les amena jusqu'ici. Leur voyage ne dura que trente et une années, ce qui implique une vitesse égale à celle de la lumière ou l'approchant de très près, et par conséquent une technologie considérablement plus avancée que celle de notre vingt et unième siècle en matière de conquête de l'espace. Nous sommes encore loin d'atteindre de telles vitesses et restons pour le moment cantonnés à notre propre système solaire.

La flotte interstellaire se composait de seize vaisseaux. Ils ont disparu — démontés et recyclés pendant les premiers temps de la colonie, les métaux étant alors rares et précieux. Il est clair qu'ils se posèrent sur cette île avec l'intention d'y rester. Leur voyage se terminait ici.

Nos techniciens devraient être en mesure de confirmer la véracité historique athilantéenne par l'observation astronomique. J'imagine qu'il ne doit pas y avoir une foule d'étoiles rouges au passé instable dans un rayon de trente et une années-lumière. On pourrait alors savoir laquelle d'entre elles se serait muée en nova aux alentours de 20.000 ans avant J.-C. et connaître la position de l'Étoile du Bohémien. Et lorsque, d'ici à une centaine d'années, nous serons capables de voyager vers d'autres étoiles, une mission de reconnaissance partira en quête des vestiges de cette civilisation préathilantéenne anéantie par les feux du ciel.

Mais j'anticipe. Revenons à nos moutons.

Le Prince et moi nous entendons à merveille. Il s'est parfaitement habitué à l'idée que nous partagions le même corps, le sien. Il m'explique tout ce qu'il fait, entretenant avec moi un dialogue intérieur constant tandis qu'il vaque à ses occupations quotidiennes. J'en ai ainsi beaucoup appris sur les routes commerciales de l'Empire athilantéen, sur son histoire et sa religion. J'espère seulement que ma mémoire gardera tout au frais jusqu'à mon retour à la maison.

Ram me pose un tas de questions sur notre époque. Il est très friand de tout ce que je peux lui apprendre sur ce futur éloigné qu'il semble concevoir comme une sorte de fantaisie surréaliste. Un futur où des billions d'individus peuplent la terre, où tant de cultures coexistent. Tout l'intéresse: l'organisation de nos métropoles, l'art, la religion, les sports, les automobiles, les avions, les moyens de communication. Un détail amusant: je suis à peu près sûr qu'il me suspecte d'inventer une partie de ce que je lui raconte — si ce n'est la totalité. Par moments, je me sens moi-même à deux doigts de douter de mon propre témoignage tellement me paraît irréelle et lointaine cette plage du temps d'où je viens. Après ces mois passés ici, il m'arrive de penser que seule la réalité d'Athilan existe, que tout le reste n'est que pur produit de l'imagination. Un symptôme certainement lié au fait de ne pas avoir de corps à soi, d'être désincarné. Situation quelque peu déstabilisante, tu le reconnaîtras avec moi.

Un événement majeur s'annonce : le Rite d'Onction. Les préparatifs ont commencé. La cité est en effervescence.

Après le Rite de Désignation et le Rite de Jonction, le Rite d'Onction est la troisième des quatre grandes cérémonies préalables à l'élévation du Prince au rang suprême de Grand Darionis d'Athilan. C'est là qu'il doit être initié à certaines connaissances secrètes accessibles seulement au futur roi. Ram ignore la nature de ces vérités cachées, et la perspective de les découvrir enfin le maintient dans un état d'agitation extrême. État que je partage avec lui, tu t'en doutes.

Encore quelques semaines à patienter. Je sais déjà que les jours vont nous sembler interminables.

Mais ma véritable hantise est ailleurs. Je redoute plus que tout que nos techniciens ne me rapatrient juste avant la célébration du rite. Cette idée me hante au point que je crois parfois entendre le tic-tac du compte à rebours. Ce serait terrible de quitter Athilan sans avoir eu la révélation des mystères de l'Onction.

Combien de temps me reste-t-il réellement ? C'est la grande question. Je ne sais pas. Dans l'une de mes premières lettres, je te disais avoir perdu le compte des jours. Tes indications m'ont aidé à m'y retrouver, mais pas suffisamment pour établir une date exacte. Disons que la marge d'erreur se situe quelque part entre un jour et une semaine. En outre, je suis dans le flou quant au jour « J » prévu pour le rapatriement. Ils ont parlé d'une affectation de *six mois*. Six mois environ ou six mois pile ? Il se peut que je dispose encore de deux semaines, d'un mois, peut-être même de six semaines. Impossible de savoir. Une chose est certaine : je veux rester ici le maximum de temps. Primo : je ne suis pas franchement pressé de me retrouver face aux douloureuses réalités qui m'attendent. Et secundo : je n'ai tout simplement pas envie de partir. Pas tout de suite. Pas avant d'avoir recueilli toutes les informations disponibles. Et j'ai le pressentiment que le Rite d'Onction va m'en apprendre long sur l'âme athilantéenne.

J'attends de tes nouvelles avec impatience.

Avec tout mon amour,

Roy

XI

Trente-sixième jour du mois des Jours Dorés, année de la Grande Rivière.

Je sais, je t'ai à nouveau infligé un long silence. Mais j'attendais le Rite d'Onction — qui a eu lieu il y a trois jours — afin de te décrire ce morceau d'anthologie. Les mystères ont été dévoilés. Un événement considérable, mais aussi complètement renversant. Le genre d'expérience tellement écrasante par sa dimension qu'elle prend possession de toi et ne te lâche plus. Ram et moi avons été passablement secoués. Il m'a fallu plusieurs jours avant de pouvoir seulement réfléchir sur ce qui s'était passé, pour l'accepter et comprendre mes propres réactions et émotions. Encore aujourd'hui, je ne suis pas sûr de bien maîtriser toute cette histoire.

Voyons voir, par où commencer ?

Par le début, je suppose. Le matin du jour du Rite d'Onction. C'était une de ces splendides journées printanières — le ciel d'un bleu limpide, une chaude lumière dorée lustrant le paysage — qui rend presque comique le fait que cette époque soit appelée glaciaire. (Mais sur Athilan, chaque jour est un jour de printemps. Imagine une exquise journée californienne et dis-toi que tu ne fais qu'effleurer la réalité climatique athilantéenne !)

Le Prince avait jeûné le jour précédent. Toute la nuit il avait prié et chanté. La communication entre nous était interrompue. J'avais parfaitement compris son désir de solitude et m'appliquais à me tenir au-dessous du seuil de sa conscience afin de ne pas l'importuner.

L'aube venue, ses serviteurs attitrés l'escortèrent jusqu'à la spacieuse salle de marbre blanc réservée aux bains. Ils le baignèrent, oignirent son corps d'huiles et de parfums, puis le vêtirent d'une somptueuse robe de pur coton blanc ornée d'un brocart pourpre et or. Le Prince se rendit ensuite dans une chapelle d'allure austère au rez-de-chaussée du palais, s'agenouilla face à une colonne faite d'une pierre noire brillante et pria un long moment.

Vint alors le trouver sa famille. Tout d'abord, sa sœur, la Princesse Rayna. Puis son jeune frère, le Prince Caiminor. Puis sa mère, la Reine Aliralin — que je n'avais encore jamais rencontrée. (Une femme élancée, majestueuse et altière, d'une grande beauté.

Elle revenait d'un endroit situé sur le rivage nord de l'île où elle avait suivi une retraite religieuse.)

Chacun leur tour ils s'inclinèrent devant lui et, sans un mot, lui présentèrent dans leurs mains tendues une coupe taillée dans une fine pierre rose contenant une petite quantité de vin aromatique. Ram trempa cérémonieusement ses lèvres dans chaque coupe. Le premier vin était rouge rubis, le deuxième couleur d'ambre, le troisième pratiquement incolore. Et chacun l'affecta d'une manière différente. Le résultat n'eut rien de comparable avec une sensation d'ivresse ordinaire — les vins athilantéens ne semblent pas rendre soûl, mais l'esprit de Ram s'en trouva néanmoins altéré, comme empreint d'un éclat et d'une radiance qu'il n'avait pas un instant auparavant.

Puis vint son père, le Roi Harinamur. Tête nue, revêtu d'une robe d'un pourpre profond garnie de flamboyantes épaulières écarlates, il était semblable à un dieu. Il ne parla pas. Il étendit simplement le bras, posa sa main sur l'épaule de Ram et le conduisit hors de la chapelle, au sommet du grand escalier du palais qu'il descendit avec lui. Au bas des marches attendait un char tiré par deux de ces chevaux rebelles et colériques comme on n'en voit qu'à Athilan.

On aurait dit que toute la population de la cité était rassemblée sur l'esplanade pour assister à la procession royale. Celle-ci décrivit un vaste cercle à travers la ville, descendant le Carrefour du Ciel jusqu'au front de mer, puis remontant un large boulevard au dallage de pierre rose appelé l'Avenue des Dieux. Tout le long du parcours, une foule enthousiaste acclamait Ram.

— Thilayl ! criaient-ils. Altesse !

Ou encore : « Stolifar Blayl ! » Qui est une partie de son nom formel signifiant « Lumière de l'Univers ». Apparemment, il n'est dit tout haut que le jour de l'Onction.

Le seul but de la procession — qui dura des heures — était d'exhiber le Prince aux regards de son peuple. Vers midi nous étions revenus à notre point de départ, c'est-à-dire dans le quartier des temples et des palais. Le soleil brillait haut dans le ciel, le feu de ses rayons frappant les façades de pierre blanche des édifices.

On contourna le périmètre sacré vers l'est en direction du mont Balamoris, parvenant enfin sur une immense place dominant toute la cité : la Place des Mille Colonnes. Certainement la plus magnifique esplanade qu'une ville ait jamais eue. En bordure de son côté nord se dresse une modeste construction sans fenêtre faite de gros blocs de granit noir : la Maison de l'Onction. C'est là que les membres de la famille régnante d'Athilan sont investis de leurs pouvoirs royaux.

Les pieds nus, marchant épaule contre épaule, Ram et son père y pénétrèrent.

L'intérieur était plongé dans l'obscurité, hormis une flèche de lumière filtrant par une ouverture en forme de motif géométrique pratiquée dans le plafond. D'un geste solennel, le Roi et son fils firent se toucher leurs mains du bout des doigts puis s'étreignirent. Ensuite, le Roi quitta la Maison de l'Onction sans un mot.

Ram s'agenouilla sous la flèche de lumière.

Trois silhouettes revêtues de robes de cérémonie surgirent alors de la pénombre. Des masques blancs et parfaitement lisses, percés d'une simple fente pour les yeux, leur couvraient entièrement le visage. Ils apparurent au-dessus de Ram et passèrent rapidement sur son front un peu d'une huile épaisse à l'odeur douceâtre. Voilà pour l'Onction. Après quoi, ils commencèrent à psalmodier un chant au rythme lent en athilantéen ancien, la langue noble réservée à la poésie épique et aux écritures religieuses, et dont Ram n'était capable de comprendre que quelques phrases éparses : des allusions à son héritage royal, aux importantes responsabilités qui seraient désormais les siennes, etc.

Puis, comme l'avaient fait tour à tour sa sœur, son frère et sa mère, chaque prêtre lui présenta une coupe de pierre polie qu'il dut boire. Le vin — s'il s'agissait bien de vin — avait un goût légèrement épicé et pétillait en émettant un doux chuintement.

Les prêtres se retirèrent.

Ram demeura agenouillé, le menton appuyé contre sa poitrine, attendant.

Lentement, très lentement, une sorte d'état de conscience proche du rêve s'insinua dans son esprit. Une ombre grandissante l'envahit, un étourdissement le saisit. La mince flèche de lumière tombant du plafond perdit peu à peu de son intensité. Des tourbillons de couleurs se mouvaient d'avant en arrière en vagues immatérielles, tels des voiles ondoyants.

Et des profondeurs de la Maison de l'Onction des visions vinrent à lui.

Ce ne fut tout d'abord que turbulence et confusion, désordre d'images éclatées. Puis un écran parut se dresser dans son esprit et le Prince découvrit — et je découvris avec lui — le ciel nocturne, l'immensité de l'espace, des nuées de météores lancés à grande vitesse, des étoiles et des galaxies, des comètes aux longues queues scintillantes.

Le tableau s'estompa et se transforma en une nouvelle vision. Ram survolait maintenant en esprit la surface du vieux monde de l'Étoile du Bohémien tel qu'il était avant sa destruction. Les maisons en osier, les rues faites de roseaux tressés, toute cette architecture délicate que le vent faisait plier et se balancer. Et le peuple de l'Étoile du Bohémien vaquant paisiblement à ses affaires, vivant heureux et insouciant.

Jusqu'à ce que le soleil commence à se

dilater et se transformer en un gigantesque œil rouge emplissant le ciel.

Puis le tonnerre et l'horreur.

Et j'assistai avec le Prince à l'anéantissement du monde originel des Athilantéens. Les vaines prières, les hurlements, les cyclones brûlants soufflant impitoyablement, les premières bourrasques de feu, les maisons s'embrasant. Et l'holocauste. Une planète entière soudain en brasier, puis en charbons ardents, puis en un désert de cendres palpitantes. Tandis que seize vaisseaux aux flancs rutilants s'élevaient sous le firmament avec leur chargement d'heureux rescapés.

Puis la migration. Je suivis avec Ram la longue errance de la flotte à travers l'espace. Ces voyageurs de l'infini à la recherche d'une planète habitable. Il y eut ce premier regard émerveillé, la rencontre avec la Terre, astre bleu et lumineux surgissant du cratère obscur de la nuit. Le survol à faible altitude des continents pris dans les glaces, des mers charriant des icebergs, des landes nues et hostiles. Les Athilantéens guettant anxieusement l'apparition d'un endroit où ils puissent s'établir. Enfin, cette île radieuse dressée au milieu d'un océan serein. Et les seize vaisseaux spatiaux atterrissant au pied d'une haute montagne aux flancs verdoyants.

En l'espace de quelques moments toute l'histoire de la nation athilantéenne se déroula sous nos yeux — ou plutôt sous les yeux du Prince. La potion absorbée un peu plus tôt — vin ou drogue, ou peut-être mixture des deux — l'avait projeté au-delà des limites du temps linéaire. Il flottait librement à travers les âges, parcourant le passé d'un mouvement fluide et sans entraves.

La construction de la cité. Harinamur Roi Unique — le premier du titre — se tenant parmi son peuple, dessinant les avenues et les boulevards, décidant de l'emplacement des temples, des palais, des parcs, des esplanades. Les ouvriers ouvrant dans les collines avoisinantes de vastes carrières de marbre, taillant les blocs de pierre au moyen de techniques ingénieuses. Cette ville n'aurait rien à voir avec l'ancienne cité disparue. Là-bas, tout était souple, délicat, flexible. Ici, tout serait bâti en pierre.

Une fois leur ville édifiée, les Athilantéens voyagèrent vers les froides terres situées de l'autre côté de la mer. Ils se firent connaître des indigènes primitifs qui y vivaient et établirent un empire ainsi que les premiers systèmes de routes et de voies maritimes que notre planète ait connus.

Nous vîmes Athilan se développer et prospérer. D'autres palais se construire, toujours plus magnifiques. De fastueuses villas s'accrocher aux pentes du mont Balamoris. Le port encombré de navires dont les soutes regorgeaient de précieuses marchandises rapportées des quatre coins du monde.

Puis tout changea subitement. En un instant. Le temps d'un clin d'œil.

D'abord, le ciel s'obscurcit. Une colonne de fumée noire s'éleva ensuite du sommet de la montagne, un tremblement sourd provenant du sous-sol. J'étais totalement désorienté par ce revirement de situation. Des suaves visions de plénitude et d'opulence, on passait sans transition à une pesante angoisse. Profondément immergé dans les rêves du passé, Ram ne soupçonnait encore rien. Après un moment, je compris enfin.

Le Prince n'était pas seulement capable de voir le passé mais aussi le futur. Il avait eu la vision de la fondation de la grande cité d'Athilan. A présent, il allait assister à sa chute.

Oh, Lora, que n'eussé-je fait pour lui éviter ce désolant spectacle ! J'aurais voulu pouvoir couvrir les yeux de son esprit, boucher les couloirs de sa perception, repousser au loin ce tableau de mort. Mais j'étais impuissant. Je n'étais que le passager de son âme, un être insignifiant ballotté dans le flot de ses rêves.

Ensemble, nous contemplâmes ce terrible déluge.

Les flammes jaillissant de la bouche du volcan. L'épaisse fumée couleur de suie envahissant peu à peu le ciel. La pluie de pierres incandescentes, les nuages de cendres. Le sol secoué de plus en plus violemment, des craquelures sinueuses incisant avenues et boulevards. Puis les énormes blocs de marbre se détachant des façades des temples et des palais, les colonnes vacillant sur leurs socles avant de s'effondrer comme sous les coups de boutoir d'un géant ivre de fureur.

La croûte terrestre se fracturant dans un fracas épouvantable, entraînant dans l'abîme insondable des pans entiers de la cité. D'autres crevasses s'ouvrant de toutes parts. Les villas éventrées dévalant les pentes des collines...

Le ciel maintenant d'une noirceur d'encre.

Les vagues levées. La mer montant à l'assaut du rivage.

Un formidable grondement provenant des entrailles de la terre et le feu, le feu partout. Les flammes courant telles des possédées. Le rugissement des lames écumantes déferlant sur la ville. Les torrents de lave dégringolant les pentes du volcan, engloutissant tout dans leur course. L'eau et le feu se disputant la dépouille d'Athilan. Raz de marée, tremblement de terre, éruption volcanique. L'anéantissement total. Ruine. Dévastation.

Et quelques navires quittant le port, luttant désespérément contre une mer déchaînée. Un groupe de réfugiés fuyant une fois de plus le sort funeste précipitant leur cité vers le néant. Comme autrefois. Il y a bien longtemps.

La surface de l'île s'effondre sur elle-même. Elle s'affaisse brutalement telle une maison sur pilotis dont les piliers de soutien auraient soudain lâché. La mer continue d'avancer, et plus rien ne peut désormais freiner sa progression. Un bruit étrange se fait alors entendre... Une sorte de sifflement suraigu, une pulsation démesurée qui augmente en intensité jusqu'à devenir un cri immense et strident remplissant l'espace, débordant du ciel et s'écoulant dans l'infini sidéral. Le cri d'agonie d'Athilan. Puis le bruit cesse abruptement, le silence se rétablissant après un craquement de bois sec. Et c'est le calme. Le calme plein d'effroi qui suit le tumulte du trépas.

Le calme et le silence. Et le mouvement régulier des flots. Le ciel est redevenu bleu. Le soleil resplendit.

De l'île d'Athilan, il ne subsiste pas la moindre trace. Engloutie, avalée et digérée par le vaste océan. Noyée dans ses profondeurs ténébreuses. Comme si elle n'avait jamais existé.

La vision s'acheva. Ram resta sans bouger dans la même position agenouillée. Accablé. Plongé dans un abattement sans fond. Des scènes fragmentées évoquant la dernière heure d'Athilan traversaient son esprit tels d'horribles spectres.

La porte de la Maison d'Onction s'ouvrit alors, laissant passer les trois prêtres masqués. Le Roi les suivait, le visage grave, le regard impénétrable. Je compris à son expression qu'il savait ce que son fils avait vu. Il avait contemplé les mêmes tableaux des temps futurs des années auparavant, lors de sa propre Onction.

Voilà donc la nature du mystère qui est dévoilé aux princes de cet empire au seuil de leur âge adulte. Ils sont libérés de leur perception linéaire du temps — par quelque procédé magique dont j'ignore tout, emportés vers le passé puis vers le futur et amenés ainsi à connaître le destin tragique réservé à leur monde.

Quelle effroyable révélation ! Découvrir de but en blanc que tout est vain. Que la discipline et l'ambition, le travail et la détermination, les prières et les cultes rendus aux dieux... Que tout cela ne mène nulle part si ce n'est à l'anéantissement et la destruction aveugles ! Pourquoi, pour quelle raison se charger de l'écrasant fardeau de la royauté ? A quoi bon ? Tout est inutile et vide de sens face à cet inéluctable néant qui nous attend. Rien ne survivra. Nulle réalisation, nulle téméraire entreprise. On pourrait tout aussi bien se nourrir de chimères. Quelle différence ?

L'accablement du Prince était pleinement justifié. Quel épouvantable choc ! Quelle terrible sensation de défaite !

Lorsqu'il quitta la Maison d'Onction en compagnie de son père et des prêtres, il se tint cependant tel un fils de roi — la démarche assurée, le buste droit. Mais son regard était noyé d'une tristesse infinie, ses pensées hantées par le désespoir et la consternation. Il est dans cet état depuis trois jours maintenant, Lora. Un voile de détresse l'enveloppant et le suffoquant. Il refuse de parler à quiconque. Il ne mange plus. Il reste cloîtré dans ses appartements.

Et moi-même, je ne me sens guère mieux. Les vagues de chagrin, de stupeur et d'horreur qui balaient jour et nuit l'esprit de Ram ont infiltré mon système sans que je puisse rien faire pour les endiguer. Mes états d'âme tendent nettement vers le négatif. Pas moyen de m'en distraire, de me remonter le moral par quelque artifice que ce soit. Et puis cette épreuve de la révélation, je ne l'ai pas seulement vécue au travers du Prince... Je me suis également trouvé face à moi-même, contraint de *voir* la vérité cachée derrière toute chose. Malgré sa beauté, malgré ses merveilles, le monde est obscur et cruel. Splendeurs et miracles nous entourent — le miracle d'une toile d'araignée, Lora ! — mais aussi la violence, la folie furieuse, la maladie, la mort. Cette même Nature qui nous offre les montagnes, les rivières, les vertes et grasses prairies, nous donne les ouragans, les tremblements de terre, les raz de marée, les volcans déchaînant leurs fleuves de lave.

J'avais beau savoir en venant ici que Atlantis serait un jour détruite, le fait d'assister à sa ruine — d'y être obligé — en même temps que l'homme qui se prépare depuis sa plus tendre enfance à en devenir le roi apprenait la sinistre nouvelle, quelle misérable expérience, Lora !

Je voudrais pouvoir faire quelque chose pour lui. Mais il ne veut pas de moi. Mes tentatives pour entrer en contact avec son psychisme ont été violemment repoussées. Je suppose qu'il faut qu'il se sorte de là tout seul. Entièrement seul.

Les Athilantéens considèrent le Rite d'Onction et son mystère révélé comme nécessaires à l'éducation et la formation du futur Grand Darionis... Vraiment ? Cette rencontre avec le destin me semble d'une cruauté inutile. Le coup de massue de la désillusion derrière les oreilles, est-ce bien nécessaire ?

Bien sûr, tout le monde rêve de jeter un coup d'œil dans le futur. Les Athilantéens ont trouvé le moyen d'y parvenir et voilà le résultat. Désespoir. L'existence vidée de son sens. Si je devais être bombardé Grand Darionis d'Athilan, je préférerais franchement que personne ne me dise que mon royaume est programmé pour être rayé de la carte.

A propos, j'ai bien reçu ta dernière lettre. Elle est arrivée juste avant l'épisode de l'Onction.

Je suis content de savoir que tu es d'accord avec ma théorie sur l'origine extraterrestre des Athilantéens. Au moins, tu ne m'as pas pris pour un dingue ! Tu as pris le temps de fureter dans les souvenirs du Gouverneur Sippurilayl à la recherche de ses leçons d'histoire. Et de les débusquer. Qu'il ait reçu le même enseignement que Ram sur le passé de son peuple ne prouve pas que ce soit la vérité vraie, mais j'y crois fermement. Ravi que tu sois également de cet avis. Ça me fait chaud au cœur. Merci. Inutile de te dire tout ce que tu représentes pour moi et à quel point tu me manques. J'ai hâte de te retrouver, de te serrer dans mes bras. Et tout, et tout.

Ah ! Et aussi, un grand merci pour tes informations chronologiques. Tes données m'ont permis de remettre les pendules à l'heure et de me situer avec précision sur notre calendrier. Je constate que mon séjour sur Atlantis est proche de sa fin. Dans moins d'une semaine — disons, une semaine tout au plus — nous serons rapatriés dans nos corps endormis. On se réveillera côte à côte. Je te ferai mon plus beau sourire. Cette perspective m'enchante. Même si l'idée de quitter le Prince en un moment pareil me serre le cœur.

Mon Dieu, ces jours derniers ont vraiment été épouvantables.

Avec tout mon amour. Et plus encore.

Roy

XII

Quarante-deuxième jour du mois des Jours Dorés, année de la Grande Rivière.

C'est ma dernière lettre. Nous serons bientôt de retour chez nous. En fait, je sais que tu ne la liras pas. Il est rigoureusement impossible qu'elle atteigne Naz Glesim avant notre rapatriement. Il me fallait une excuse pour coucher sur le papier tout ce que j'ai dans la tête et faire le point avec moi-même. Alors, faisons semblant. Faisons comme si tu allais la recevoir la semaine prochaine. A vrai dire, je te raconterai tout ça de vive voix dans quelques jours.

Bref. Voilà la situation: j'ai encore enfreint les règles de sécurité. Et pas qu'un peu. Je commence sérieusement à me demander si je ne suis pas atteint d'une maladie qui me pousse à faire systématiquement le contraire de tout ce qu'on nous a enseigné pendant notre formation.

Ce qui s'est passé c'est que je me suis mis

en tête d'utiliser le peu de temps qui me restait à tout faire pour tenter d'arracher la cité athilantéenne au sort tragique qui la menace. Rien de moins. Tout seul et par mes propres moyens, sauver cette grande civilisation de la destruction.

Il va de soi que je ne comptais pas trouver la solution miracle pour empêcher le volcan d'entrer en éruption ni le tremblement de terre de se produire. Je voulais travailler le mental du Prince, le convaincre de procéder à une évacuation pendant qu'il en était encore temps.

Je précise qu'entre-temps Ram était sorti de son état dépressif. Le matin du cinquième jour après la cérémonie d'Onction, il se réveilla de parfaite humeur, calme, enjoué même. Il dit ses prières, plongea dans le bassin du palais où il nagea quatre-vingts longueurs, prit un frugal petit déjeuner puis, avec son père, passa en revue une impressionnante pile de rapports officiels en souffrance. Il se comportait exactement comme si le Rite d'Onction n'avait pas eu lieu. Égal au Prince d'avant les révélations. De ses funèbres états d'âme, de l'accablement qui l'avait tenu sous son joug plusieurs jours durant, rien ne demeurait. Pas la moindre trace.

J'étais cependant habitué à ces revirements et ajustements dont il était capable. J'en avais déjà fait l'expérience. Par exemple, lorsqu'il avait découvert qu'un « démon » l'habitait. D'abord les tremblements, la crise de panique, la rage. Puis l'accalmie soudaine. Même chose dans le Labyrinthe : son état d'agitation extrême alors qu'il s'efforçait de me chasser de son esprit, et la tranquille assurance qui avait suivi bien qu'il sût que l'exorcisme avait échoué. Ram est extrêmement résistant et équilibré. Quelle que soit la violence de l'émotion qui l'ébranle, il s'attelle à la tâche avec ténacité et parvient à regagner le contrôle de lui-même. Et tout va pour le mieux à nouveau.

— *Tu t'es tenu bien tranquille dernièrement, mage,* me dit-il. *Je ne t'ai plus entendu.*

— *J'ai pensé que vous aviez bien assez de préoccupations à l'esprit.*

— *Tu as vu ce que j'ai vu ? La destruction de la cité ?*

— *Oui.*

— *Et quel est ton avis, mage, toi qui connais l'avenir ? Était-ce une vision véridique, un mauvais rêve, un cauchemar destiné à m'éprouver ?*

J'aurais sans doute pu mentir pour le rassurer, prétendre que son esprit avait déliré, que ces images de catastrophe n'étaient qu'illusion et que Athilan perdurerait. Mais je mens très mal. En outre, je savais qu'il attendait autre chose de moi. L'apaisement passager que je pouvais lui procurer par le mensonge ne ferait qu'obscurcir la vérité.

— *La cité sera effectivement détruite, Prince,* lui dis-je alors.

— *C'est donc vrai.*

— *Oui, Prince. Il ne subsistera rien de ce qui fait aujourd'hui sa grandeur et son faste. Mon époque se souviendra seulement qu'elle exista autrefois. Et bien des gens discuteront même ce fait. Ils parleront de légende et de mythe, d'une fable pour crédules.*

— *Détruite et oubliée.*

— *Oui, Prince Ram.*

Il resta silencieux un long moment. J'étais au centre de son flux émotionnel que je déchiffrais au fur et à mesure et je n'y décelais pas la moindre pulsion d'affliction. Aucun penchant à se replonger dans les sombres états d'âme qui l'avaient saisi au sortir de la Maison d'Onction. Il était parfaitement calme et serein.

— *A quelle distance dans le futur vois-tu cette destruction, mage ?* me demanda-t-il enfin. *Dix mille ans ? Cinq mille ?*

— *Peut-être dix mille ans. Peut-être beaucoup moins.*

— *Veux-tu dire qu'elle pourrait survenir cette année même ?*

— *Je ne sais pas, Prince.*

— *Un mage devrait connaître l'avenir.*

— *Le fait que vous me considériez être un mage ne m'en donne pas les pouvoirs. Ce que vous appelez le futur est pour moi le passé. Un passé très lointain. Croyez-moi, Prince, il m'est impossible de savoir quand Athilan a été détruite ou sera détruite.*

Nouveau silence.

— *Je crois tes paroles, mage,* conclut Ram.

Les mots qui sortirent ensuite de ma bouche me prirent complètement au dépourvu, sans que j'aie eu le temps d'y réfléchir :

— *Prince, vous devez sauver votre cité avant qu'il ne soit trop tard.*

— *La sauver ? Et comment le pourrais-je ?*

— *Quittez cette île. Conduisez votre peuple de l'autre côté de la mer. Bâtissez une nouvelle Athilan en un lieu invulnérable et elle resplendira pour toujours.*

Je le sentis qui passait par toutes les nuances de l'étonnement. J'étais moi-même stupéfié par ce que j'osais faire.

Mais c'était plus fort que moi, Lora. Une sorte d'enthousiasme délirant me transportait. Malgré moi, le plan de sauvetage d'Atlantis se dessinait dans mon esprit.

J'allais jusqu'à dire au Prince à quel endroit il devait fonder la nouvelle Athilan :

— *Allez en Afrique du Nord. Le climat y est agréable. Vous trouverez une terre qu'on appelle l'Égypte. Un immense fleuve la parcourt et se jette dans la mer. Vos navires n'auront aucune difficulté à se rendre là-bas. Il leur suffira de faire route vers l'est puis vers le sud. La terre d'Égypte est fertile. Vous construirez un port plus grand que celui d'Athilan. Votre empire sera encore plus étendu, vous ouvrirez des routes vers toutes les parties du monde.*

J'étais intarissable. Rien ne m'arrêtait.

— *Ou alors*, continuai-je de plus belle, *poussez plus loin à l'est. La Mésopotamie, c'est le nom de cet endroit. Il y a deux grands fleuves. La température y est très douce et la terre encore plus fertile qu'en Égypte. De là, vous pourrez vous étendre plus loin vers l'est, jusqu'à ce qu'on appelle l'Inde. Plus loin encore... la Chine. Toutes les possibilités vous seront ouvertes. Vous serez mieux lotis qu'ici en Europe — dans vos colonies actuelles. L'Europe restera prise dans les glaces des milliers et des milliers d'années. Tandis que la Chine, l'Inde, l'Égypte...*

J'étais en train de perdre la boule, Lora.

En train d'intervenir dans le passé de façon insensée. Non seulement j'avais établi un contact direct avec mon hôte athilantéen, mais voilà que je me mettais à présent à lui faire des suggestions susceptibles de modifier radicalement le cours de l'histoire ! Je lui disais de se rendre en Égypte alors que les Pharaons n'y avaient pas encore posé le pied. Mieux encore, d'établir son nouvel empire à Sumer ou Babylone, puis de coloniser l'Orient. J'étais tellement emporté dans mon élan, tellement désireux de venir en aide au Prince et à son peuple, que je lui indiquais le mode d'emploi pour créer un second empire athilantéen capable de devenir si puissant qu'il traverserait les siècles et entrerait sans doute encore en pleine gloire dans ce que nous appelons les temps historiques !

Qu'est-ce que tu penses de ça ? Un royaume gigantesque gouverné par des extraterrestres dominant le monde pendant les vingt mille ans à venir et gommant de ce fait notre « vraie » histoire à nous. Pas de Grèce, pas de Rome, pas d'Angleterre, pas d'États-Unis. Seulement une Athilan éternelle et toute-puissante étendant ses tentacules dans toutes les directions, contrôlant tout ! Quelle vision ! Quelle folie, Lora !

Et je voulus lui dessiner des cartes. Lui donner des leçons de géographie. Je promis de lui donner toutes les informations que je possédais sur le Proche-Orient paléolithique, sur l'Inde...

Il me laissa déblatérer un bon bout de temps avant de prendre la parole :

— *Quelle étonnante vision ! Quelles ambitieuses visées* !

A ce point, j'étais persuadé de l'avoir convaincu de la justesse des objectifs que je défendais.

— *Oui*, dis-je.

Mais la suite de son discours me prouva le contraire :

— *Toutefois, je ne me lancerais jamais dans une telle entreprise et cela quand bien même je serais Grand Darionis dès aujourd'hui. Si j'apprenais que le déluge devait emporter Athilan dans moins d'une année, je n'en suivrais pas davantage tes visions de grandeur.*

J'étais déconcerté.

— *Vraiment ?*

— *Pour quelle raison, selon toi, les princes d'Athilan sont-ils initiés aux mystères du Rite d'Onction ?*

— *Euh, eh bien, je suppose*, dis-je d'une voix mal assurée, *il me semble que les révélations ont pour objectif de vous préparer à la catastrophe. Pour que le souverain en place au moment où elle se produit puisse prendre les mesures qui s'imposent en vue de protéger la population et de l'évacuer...*

Le Prince éclata de rire :

— *Pas du tout.*

— *Pourquoi, alors ?*

— *Pour nous enseigner une grande vérité : bien que nous portions le titre suprême de roi, nous ne sommes rien d'autre que poussière dans les mains des dieux.*

— *Je ne comprends pas...*

— *C'est que tu n'es pas un mage.*

— *Je n'ai jamais prétendu être un mage.*

— *Les dieux ont décidé que Athilan devait périr un jour. Tout comme ils avaient décidé la mort de l'Étoile du Bohémien. Crois-tu que nous l'ignorions ? Mais des décombres du passé surgissent les fleurs d'une gloire nouvelle. Telle est notre destinée, mage. D'être épisodiquement châtiés par les dieux, chassés de nos demeures dans la peine et le chagrin pour tout recommencer à nouveau, édifier ailleurs ce qui n'existait pas avant notre venue en remplacement de ce que nous avons perdu. Tel est l'enseignement du Rite d'Onction. Enseignement que je me devais d'intégrer à mon esprit avant de prétendre au titre suprême de Grand Darionis. La vision était une mise à l'épreuve.*

— Vos ancêtres savaient que l'Étoile du Bohémien allait être détruite ? Et ils n'ont rien fait pour se sauver eux-mêmes !

— Ils ont construit seize vaisseaux de firmament. Ils ont embarqué ce qu'ils ont pu et laissé derrière eux le reste de leur cité pour affronter le déluge de feu. Et quand le malheur s'abattra sur notre île d'Athilan, des navires affrétés se tiendront prêts. Nous sauverons ce qui peut être sauvé et le reste sera détruit.

Je n'en croyais pas mes oreilles.

— Vous voulez dire que vous allez attendre passivement le cataclysme, sans rien tenter ? Alors que vous connaissez l'avenir !

— Dis-moi, mage... Dans ton époque, les gens meurent-ils toujours ?

— Oui, bien sûr.

— Et vous vous levez pourtant chaque matin. Vous vaquez à vos affaires, vous faites des projets, vous vous efforcez de tirer le meilleur de vous-mêmes, et cela bien que vous sachiez pertinemment que dans trente ou cinquante ans la mort s'emparera de vous. L'issue est inéluctable. Mais vous continuez de vivre. Vous n'en abandonnez pas pour autant tout effort et toute volonté.

— Ce n'est pas la même chose, répliquai-je. *L'individu est certes destiné à mourir tôt*

ou tard, mais sa famille lui survit. Sa patrie et la terre sur laquelle il a vécu lui survivent.

— *Très bien, mage. Et si tu avais l'absolue certitude que l'univers allait disparaître avec toi, renoncerais-tu dès maintenant à manifester ta volonté sous prétexte que tout est vain et sans lendemain ? Ou bien persévérerais-tu dans tes efforts et tes projets ?*

Je n'étais pas d'accord avec son argumentation.

— *Dans le cas d'Athilan il ne s'agit pas d'une destruction totale du monde, mais de celle d'une île : la vôtre. Ses habitants sont prévenus du péril qui les guette et malgré cela ils semblent ne rien vouloir faire pour se mettre à l'abri ! C'est absurde !*

— *Seuls les rois ont la vision du futur,* dit le Prince. *Personne d'autre.*

— *Justement. Il devrait être de leur devoir de sauver leur peuple.*

— *Et faire ainsi injure aux dieux en s'opposant à leur volonté ? Nous devons accepter ce qui se présente. En nous éprouvant, les dieux nous transmettent une parcelle de leur infinie sagesse.*

Je capitulai. Je me rendais compte qu'il n'y avait rien à faire, que ces gens étaient vraiment d'un *autre monde* et que leur mental ne fonctionnait pas comme le nôtre. Ils voient le rouleau compresseur leur arriver dessus mais n'essayent même pas de se sortir du chemin ! Telle est la volonté des dieux, voilà leur seule réponse. Le fatalisme. Une philosophie que j'ai beaucoup de mal à comprendre et à accepter. Mais après tout, je ne suis qu'un visiteur ici...

Et ma visite va bientôt parvenir à son terme. Je sens déjà les sangles de mon bloc psychique se relâcher, signes avant-coureurs du rapatriement. Je serai de retour au Centre sous peu. Je ferai mon rapport. J'avouerai mes fautes et j'en assumerai les conséquences. Avec un peu de chance, les sanctions ne seront pas trop drastiques. Et puis d'autres voyageurs temporels avant moi ont dérogé au code — exactement pour les mêmes raisons. Parce qu'ils estimaient ne pas pouvoir rester sans rien faire quand leur hôte était dans de sérieuses difficultés. On cède facilement à la tentation d'aider son prochain ! Eh oui, c'est humain.

Je me demande comment vont se passer les choses ici.

Atlantis sera détruite. On le savait dès le départ. La catastrophe aura peut-être lieu sous le règne de Ram, peut-être sous celui d'un de ses petits-fils. Mais elle aura lieu. C'est écrit. Le tonnerre et le feu raseront la cité. Le sol s'ouvrira et l'océan emportera tout. La fin d'un empire.

J'ai cependant la certitude qu'une petite flotte de navires parviendra à fuir.

Où ira-t-elle ? L'Égypte ? La Mésopotamie ?

Les rescapés athilantéens bâtiront-ils une

autre civilisation qui sera elle-même détruite quelques milliers d'années plus tard ? Légueront-ils malgré tout à notre monde « moderne » une partie de leur héritage ? J'ai la conviction que les descendants de ce peuple extraordinaire sont quelque part sur cette terre, qu'ils vivent aujourd'hui parmi nous. Ils ont sûrement tout oublié de leur passé, de leur appartenance à un autre monde, de leur arrivée sur terre et de leur rencontre avec nous, le « peuple de fange ». Ils ne se doutent pas que leurs ancêtres possédaient le plus grand empire qui ait jamais été. Un empire dont il ne nous reste pas la moindre trace. Disparu corps et biens dans les méandres du temps.

Mais ce n'est pas important. Le temps dévore toutes choses : les peuples, les événements, les constructions les plus colossales. Tout est voué à l'oubli et rendu à la poussière. Ce qui importe, c'est la permanence de l'esprit. L'esprit survit et continue sa marche en avant. Rien ne peut entraver son mouvement. Il traverse les époques, abandonnant derrière lui les pâles lueurs des rois déchus, les palais dévastés et les temples en ruine. L'esprit, Lora.

Voilà ce que m'aura enseigné ce fabuleux voyage dans le temps. Toi aussi, de ton côté, avec tes chasseurs de mammouths, tu en auras appris long sur le fait de se battre contre une nature hostile. Et de vaincre. Vaincre pour survivre et pour permettre à l'esprit de perdurer.

Athilan-la-magnifique m'aura également montré combien l'univers pouvait parfois être dur à vivre et l'homme incroyablement obstiné dans ses façons de lui résister.

Ram est au courant de mon départ prochain. Je vais m'éclipser vers un lointain futur qui n'est pour lui qu'un rêve impossible à rêver. Je me demande si son « démon » ou son « mage » va lui manquer. Mon petit doigt me dit que oui.

Lui me manquera, je le sais. C'est certainement l'homme le plus admirable qu'il m'ait été donné de rencontrer. Je suis persuadé qu'il sera le plus grand de tous les Grands Darionis de l'empire d'Athilan.

Voilà toute l'histoire. Il va être temps de me faire rapatrier. Je serai avec toi dans un petit moment, à vingt mille ans d'ici seulement. J'espère qu'ils nous attendent avec une bonne pizza bien chaude.

3167

Achevé d'imprimer en Europe (France)
par Brodard et Taupin à La Flèche (Sarthe)
le 23 mars 1994. 1074J-5
Dépôt légal mars 1994. ISBN 2-277-23167-3
1er dépôt légal dans la collection : janvier 1992

Éditions J'ai lu
27, rue Cassette, 75006 Paris
Diffusion France et étranger : Flammarion